小学生看世界名著

有这些作家和人物！

日本学研◎编　　韩　涛◎译

北京科学技术出版社
100 层 童 书 馆

目录

N
E
W
S

01

塞万提斯

怀才不遇的西班牙大作家

塞万提斯品格高贵，天性乐观。然而，他的人生却波澜起伏，充满了悲剧色彩。

出生地……西班牙

生卒年……1547—1616年

波澜起伏的青年时代

塞万提斯青年时代曾辗转于西班牙各地。23岁时，塞万提斯成为一名海军士兵，后来参加了勒班陀海战。

由于在军中表现优异，怀着对未来的憧憬，塞万提斯踏上了归国的旅程。可是，因为乘坐的船遭遇海盗，塞万提斯成了人质，在阿尔及利亚被囚禁了5年。

酷爱读书的少年

在被囚禁的5年中，塞万提斯曾先后4次尝试逃跑，最后都以失败而告终。每次逃跑失败后，他都默默承受所有责罚。

种种苦难

由于塞万提斯存钱的那家银行倒闭，他一贫如洗。后来他因经济问题被迫入狱。

工作、婚姻都不如意的塞万提斯，全身心投入了文学创作。

潦倒坎坷的中年时代

塞万提斯历尽千辛万苦，终于回到了西班牙。然而，等待他的却是一贫如洗的生活。本以为靠着战功就能够功成名就的塞万提斯，费尽力气却只谋得一份下层官吏的差事，他的婚姻也不如意。

塞万提斯只得将梦想寄托于文学。他在38岁时发表了第一部小说《伽拉苔亚》。然而，塞万提斯的境遇并没有因此而好转。此后，他还因为经济问题入狱。虽然打击接踵而至，但是塞万提斯并没有被击倒。他在牢房之中开始构思一部新的作品，这便是后来成为其代表作的《堂吉诃德》。

堂吉诃德
塞万提斯 著
大卖

为他人作嫁衣的畅销书

《堂吉诃德》的创作灵感在身陷囹圄的塞万提斯的脑海中闪现。

就是它了！
突击！

因为已经卖掉了著作权，所以无论《堂吉诃德》多么畅销，塞万提斯都得不到一分钱。

堂吉诃德
明明卖得那么好……
堂吉诃德
（续篇）

没过多久便出现了伪造的《堂吉诃德》续篇。

写得真好！
堂吉诃德

据说与塞万提斯同时代的莎士比亚，也曾拜读过《堂吉诃德》。

为了纪念塞万提斯，人们设立了以他的名字命名的文学奖，并把他的头像铸在欧元硬币上。

ESPAÑA
2000

以塞万提斯的名字命名的文学奖奖章（左）和铸有塞万提斯头像的欧元硬币（右）

怀才不遇的一生！

塞万提斯终其一生都没有得到应得的回报。

《堂吉诃德》大获成功的背后

1605年，塞万提斯出版《堂吉诃德》并大获成功。这部作品在出版当年就多次加印，成为一部举世瞩目的畅销书。

然而，塞万提斯依旧十分潦倒——他未能预料到自己的作品会如此大卖，早就廉价卖掉了著作权。所以，虽然《堂吉诃德》十分畅销，但塞万提斯并未获得丰厚的回报，他的生活依然十分困苦。

66岁时，塞万提斯出版了《训诫小说集》。之后，他基本每年都有一部新作问世。在他死后，他的遗作《贝雪莱斯和西吉斯蒙达历险记》得以出版。

虽然塞万提斯一生穷困潦倒，但在他的祖国西班牙，为了纪念他伟大的成就，人们设立了以他的名字命名的文学奖，建设了以他的名字命名的广场。即便是在他逝世400多年后的今天，“塞万提斯”这个名字依然镌刻在许多人的记忆之中。

02

司汤达

近代小说先驱、旅行家

司汤达是经历了法国大革命的西方近代小说先驱，以代表作红与黑闻名于世。他时而是斗志昂扬的军人，时而是卑微的流浪者，常年辗转于欧洲各国。

出生地……法国

生卒年……1783—1842年

动荡时代孕育出的伟大作家

司汤达6岁时，法国大革命爆发，国王被处死。他就是在这样动荡的环境中成长起来的。司汤达支持革命，17岁时他通过亲戚的关系加入陆军。作为拿破仑的支持者，他断断续续在军队里待了14年，成为一名出色的军人。他在后来的作品中流露出的对政治的狂热就形成于这一时期。在革命带来的自由氛围和狂热中，司汤达度过了自己的青年时代。

拿破仑倒台后，司汤达被逐出军队，度过了一段不得志的时光。其间他开始正式以写作为业。他将现实主义与当时兴起的浪漫主义相结合，开西方心理小说之先河。后来革命再次爆发，司汤达当上领事，成为一名外交官员，直到去世。司汤达以小说的形式记录了其所经历的动荡时代，称得上是一位具有里程碑意义的作家。

相反，对保守的父亲，司汤达却敬而远之。

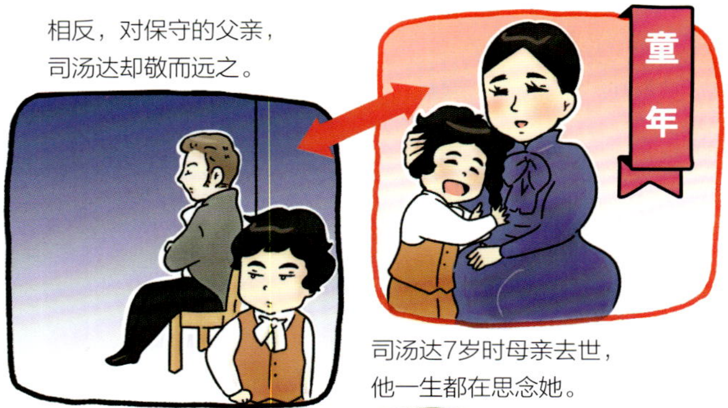
童年

司汤达7岁时母亲去世，他一生都在思念她。

听说上理工科学校就能去巴黎！
学校里的优等生
加油学数学！

司汤达最初热衷于艺术，但为了离开家去巴黎上学，他开始专攻数学。

之后
成为拿破仑麾下的
军人、官员！
军队的副官
参事院书记官、皇家财产调查官
当过军人、官员，还会写小说，真是个"多面手"！

钟情意大利的旅行家

司汤达一生周游欧洲，未曾定居。他通过游历各地，接触当地文化，增长见识。值得一提的是，他第一次去意大利时，就从心底爱上了这个国家。从那以后，意大利成了司汤达的第二故乡。他曾多次在意大利停留，甚至在晚年担任外交官时，司汤达首选了在罗马近郊工作的职位。司汤达喜欢意大利的音乐和绘画等在文艺复兴时期蓬勃发展的艺术形式，时常以欣赏它们为乐。他还钟情于意大利人的气质，在意大利有过几段恋情。这些经历都反映在司汤达的作品之中，如司汤达笔下的音乐、绘画作品很多都是真实存在的，笔下的人物也备尝爱情的甜蜜与苦恼。

旅行家司汤达
尤其钟情于意大利！
司汤达当兵时，在欧洲四处奔走。
在意大利失恋
这些经历被他写进了之后的作品里！
司汤达在意大利两度失恋。
有时悄悄观察心仪的对象
晚年
当上外交官的司汤达离开驻地到处游逛，想走就走！
他在回到巴黎休假的时候去世了。

不被世人理解的司汤达
尤其是他的早期作品，也许是因为不够成熟，并未得到人们的青睐。
司汤达的作品如今可谓家喻户晓，但在当时并未引起太大反响。
严厉批评

频繁更换笔名

司汤达本名亨利·贝尔，“司汤达”是他的笔名。他从1817年开始使用“司汤达”这一笔名，而在此之前，他总是频繁更换笔名。有人说，这是因为司汤达的早期作品中存在很多抄袭的内容，为了掩人耳目他才不断更换笔名。

司汤达还有一种被称为“假名字癖”的怪癖，据说他给亲近的人写信都会用各种假名字。

司汤达的坟墓
墓碑上刻着这样一句话。
活过
爱过
写过
这句话真是司汤达一生的写照！

这是个误会！
不！
危险人物
因为是法国人，
司汤达在通关时曾被怀疑有政治企图，被拒绝入境。

03

大仲马

以波澜壮阔的文风而闻名的作家

出生地……法国

生卒年……1802—1870年

法国作家大仲马的作品以情节曲折、构思巧妙见长，其中《基督山伯爵》至今仍吸引着万千读者。

渴望成为剧作家

大仲马的父亲（被称为老仲马）曾是拿破仑麾下一员骁勇善战的猛将，但他死后遗属没能获得抚恤金。大仲马幼年丧父，家境贫寒，未能接受良好的教育。

为了成为剧作家，大仲马来到巴黎，一边工作一边苦读文学、历史方面的书籍。他因处女作《亨利第三及其宫廷》一炮而红，成了小有名气的剧作家。

作品连续畅销，一跃成为知名作家

在大仲马生活的时代，各大报纸为了吸引读者订阅，纷纷连载小说。大仲马抓住机会，开始在各大报纸上连载自己的小说，其中有《基督山伯爵》和包括《三个火枪手》在内的“达达尼安三部曲”等。这些小说异常火爆，大仲马因此一跃成为知名作家。据说，连载大仲马新作品的报纸在短短数日内订阅量就增加了几千份。

大仲马从这些作品中获利颇丰，他用版税在巴黎郊外购置了大片土地，建造了一座豪华的城堡。

一生备受歧视
大仲马的父亲骁勇善战，但他后来因反对拿破仑被罢免了官职，因此大仲马终其一生都饱受歧视。
前往巴黎，成为剧作家
17岁时就立志成为剧作家的大仲马，终于在27岁时发表处女作，并很快成为知名作家。
大仲马14岁时成为公证事务所的学徒，21岁时来到巴黎。他经常去剧场学习戏剧知识。

奢华生活终结

大仲马获得巨额财富后，夜夜笙歌，生活极尽奢华。然而，这样的生活并没有持续太久，法国二月革命开始后，法国国王被迫退位、逃亡国外，对大仲马的资助也就此终结。二月革命后，法国国内局势动荡，他的剧院入不敷出，最终破产。

大仲马虽曾腰缠万贯，临死时却家徒四壁，家里只剩下一些画作和家具。

《基督山伯爵》
带来财富
修建基督山伯爵城堡
我对雕刻可是要求很高的。
请一流艺术家来做吧！

大仲马创作了包括《基督山伯爵》在内的大量畅销作品，收获了巨额版税。他用这些钱在巴黎近郊建造了基督山伯爵城堡。大量艺术家参与建设，为城堡增色不少。

从大富豪到小贫民
空空如也
小说 257 部、
戏剧 25 部
基督山伯爵
真是杰作！
但好像到死
也看不完……
呼
小仲马（儿子）
研究美食
『大仲马美食词典』

大仲马自己筹建的剧院曾上演他的作品，但1848年法国二月革命开始后，剧院人气大不如前，经营入不敷出。收入锐减的大仲马并没有因此改变铺张浪费的作风，最终一贫如洗。

大仲马毕生创作了大量作品，以至于他在晚年曾表示“因为忙于创作，无暇阅读自己出版的作品”。

大仲马还是个有名的美食家，著有《大仲马美食词典》。

04

夏目漱石

明治时期的大文豪

夏目漱石是日本最具代表性的作家之一。体弱多病的他有些神经质。不过，当过教师的他喜欢提携、照顾年轻作家，有着乐于助人的一面。

出生地……日本

生卒年……1867—1916年

不幸的童年

夏目漱石（本名夏目金之助）从东京帝国大学英文系毕业后，曾在中学和大学任教，后留学英国。回国后，他凭借《我是猫》蜚声文坛。当时他已经38岁，是一位大器晚成的小说家。

夏目漱石出身名门，但他出生时家道已经衰落。出生后不久，他就被寄养在别人家中，后又被送人当养子。他与生父不甚和睦，深爱他的生母在他14岁时离世。童年的悲惨经历在夏目漱石心中留下了深深的印记，对他后来的创作产生了很大影响。例如，《哥儿》中就有主人公不受父母疼爱的情节。

夏目漱石倔强的性格

我们通过夏目漱石教师时代的逸事就能看出他倔强、不服输的性格。

老师，您讲的和词典里写的不一样！
是词典错了！
给它改过来！
啊？！

笔名“漱石”的由来

中国古代有个叫孙楚的人，误将“漱流枕石”说成了“漱石枕流”。

“所以枕流，欲洗其耳；所以漱石，欲砺其齿。”孙楚以此巧妙地掩饰了自己的口误。夏目漱石根据这个故事给自己取了笔名。

好想用石头刷牙，以溪水为枕。
你说反了吧？
嘎嘣嘎嘣
就用石头刷牙，用溪水洗耳朵！
哗啦哗啦
气死我啦！
这可真是个好故事，就用『漱石』做笔名了。

夏目漱石天真的性格

《我是猫》中猫咪的原型死去时，夏目漱石给弟子们寄去了他亲笔写的讣告。

猫咪的讣告
猫咪，你怎么就死了……
讣告
家中所养的猫咪不幸……

爱吃甜食

由于生病，医生不允许他吃甜食，他却依旧狂吃不止。

你生病了，不能吃甜食！
医生
虽然知道这对身体不好，
但根本停不下来……
明明有胃溃疡和糖尿病还……
妻子
饼干
羊羹
冰激凌
不行！
我可没吃！
珍野苦沙弥
草莓酱

《我是猫》的主人公珍野苦沙弥老师（据说以夏目漱石为原型）一个月吃光了8罐草莓酱，把医生气坏了。

中期三部曲
从此以后
三四郎
门
想用爱情主题反映欧洲的个人主义思想……
人为何物……个人主义又为何物……
心
行人
春分之后

1910年，夏目漱石一度病危，徘徊在生死边缘。

因大病而文风改变

大病一场后，夏目漱石文风大变。

洒脱而又细腻的性格

从“漱石”这个笔名可以看出，夏目漱石是个倔强、不服输的家伙。不过，他体弱多病。尤其是在英国伦敦留学期间，他患上了严重的神经衰弱，甚至“夏目漱石疯了”的谣言都传到了日本。夏目漱石看似性格洒脱，其实有些神经质——他的性格具有两面性。

“星期四聚会”的组织者

每到星期四，就会有夏目漱石的学生和年轻作家在他东京早稻田的家中进进出出。这便是“星期四聚会”。夏目漱石乐于助人，喜欢照顾像《三四郎》中的主人公那样来自乡下的青年。“星期四聚会”的参与者有野上弥生子等人，后来芥川龙之介也参与其中。

05

雨果

沉寂多年后重新『复活』的作家

法国代表作家雨果创作了《悲惨世界》《巴黎圣母院》等不朽的名著。他动荡起伏的人生是这些作品的创作源泉。

出生地……法国

生卒年……1802—1885年

父母的影响

雨果的父亲是拿破仑手下的一名将军，母亲是一个出身于资本家家庭的大小姐。夫妻二人因为政见不同，关系出现裂痕，最终雨果的父亲离开了雨果的母亲。

雨果在幼时很少见到父亲，因此他更亲近母亲。母亲鼓励雨果和他的两个哥哥发愤读书，希望他们将来能成为伟大的作家。雨果成年以后与父亲一样，十分崇拜拿破仑。据说，小说《悲惨世界》中的马吕斯就是雨果以年轻时的自己为原型创作的。

据说，雨果刚出生时个头非常小，只有水果刀那么长。

好帅啊！

雨果与父亲一样，十分崇拜拿破仑。

冠军

他17岁时在诗歌比赛中获得冠军。

读大学时，经常和哥哥在一起学习。

雨果的婚姻

雨果为后世留下了许多讴歌和赞美爱情的作品，但他自己的婚姻生活并不幸福。

雨果的妻子阿黛尔是其父好友的女儿。雨果和阿黛尔青梅竹马、情投意合，然而两人的恋情曾经遭遇母亲的阻拦。母亲去世后，雨果历经波折终于与阿黛尔结合。但他们婚后的生活并不幸福。

雨果的婚姻

他虽然结婚了，但是生活并不幸福……

妻子

《悲惨世界》的出版

《悲惨世界》是雨果最负盛名的作品之一。小说讲述了经历 19 年牢狱生活的主人公改过自新，为他人奉献自我的故事。

不过，这部作品的创作过程可谓异常坎坷。曾经崇拜拿破仑的雨果积极投身于政治活动，却成了拿破仑的侄子——后来的拿破仑三世打压的对象。为了躲避政治迫害，雨果逃往比利时，在那里生活了 19 年。《悲惨世界》就是雨果在流亡期间完成的，出版后引起了巨大轰动。

拿破仑三世退位之后，雨果以英雄的身份回到法国。此后，他一直都是法国文坛的领军人物，直到 83 岁去世。

虽然在投身于政治活动的10年里鲜少发表作品，但雨果已经开始构思巨著《悲惨世界》了。

大约10年！
1843年
1853年

雨果为了躲避拿破仑三世的政治迫害，逃往比利时。

500
500
印有雨果头像的纸币
上面有他的头像呢！

再创作
谁让你当皇帝的！

时隔多年，他重新提笔创作，创作的内容是对拿破仑三世的批判。

好厚啊……
悲惨世界
雨果 著

1862年，60岁高龄的雨果终于完成了《悲惨世界》。

仅有一个标点的信
出版社
?
!

雨果十分关心《悲惨世界》的出版情况，因此给出版社寄了一封信，上面只写着一个“？”。出版社则在给他的信中写了一个“！”，表示作品很棒，马上出版。

06

安徒生

享誉世界的童话作家

安徒生是一位家喻户晓的杰出童话作家。他的代表作数不胜数，如拇指姑娘、丑小鸭、红舞鞋等，至今仍深受全世界儿童的喜爱。

出生地 …丹麦

生卒年 …1805—1875年

被有爱的家庭培养出来的童话作家

安徒生出身于丹麦一个贫穷鞋匠的家庭。尽管生活困窘，安徒生的父亲坚持读书给儿子听，母亲也非常疼爱安徒生。安徒生就在这样的环境中度过了自己的少年时代。安徒生之所以能成为深受世人喜爱的童话作家，与他饱受爱的浸润的童年不无关系。1835 年，30 岁的安徒生出版了他的第一部小说《即兴诗人》。这部作品在欧洲各国引起了巨大反响，被译成多种语言出版，安徒生由此一举成名。同年，安徒生还出版了他的第一部童话集。

在贫穷中度过童年时代
父亲是个体弱多病的穷鞋匠。
少年安徒生
母亲十分疼爱安徒生。安徒生的父母自幼备尝艰辛，因此他们努力为童年的安徒生营造温馨的家庭氛围。
安徒生通过童话，表达自己对社会的看法。在他晚年的作品中他仍心系穷人，期望他们获得幸福。
穷人就没有获得幸福的其他办法了吗？！
感叹社会对贫困阶层漠不关心……
哈 哈
就算一无所有，也能体验到幸福。我的童年时代是美好的。
卖火柴的小女孩
红舞鞋
在安徒生早期的很多作品中，主人公都难逃一死。

从失恋经历中获得灵感
安徒生因相貌平庸、不善交际而多次失恋。但每一次失恋之后，他都能创作出杰出的作品。
同学的姐姐
安徒生初恋的对象是他同学的姐姐。
此后，他写了一个充满讽刺意味的童话故事《陀螺和皮球》。
安徒生给他同学的姐姐写了很多封信，但她最终嫁给了别人。
恩人的女儿
安徒生与恩人的女儿路易丝相爱了。
你们身份有别，我不许你和安徒生结婚！
这次失恋经历催生出了安徒生的名作《海的女儿》。
美人鱼公主确立了安徒生作为童话作家的地位。
瑞典女歌唱家
女歌唱家珍妮·林德被誉为“瑞典夜莺”。
献给你的童话《夜莺》仅用两天就完成了。
夜莺是一种叫声优美的鸟。
我亲爱的哥哥……
也许是因为安徒生比珍妮大15岁，珍妮对他只有敬爱之情。

与个人经历分不开的作品

安徒生年幼时，母亲给了他无尽的爱，他非常爱自己的母亲。据说母亲去世时，他极为悲痛，无法自拔。他创作了不少与母亲有关的童话作品，如《卖火柴的小女孩》《母亲的故事》《她是一个废物》等。

安徒生年轻时多次失恋，据说这与他其貌不扬且不擅长人际交往有关。不过，每次失恋之后，他都会创作出一部杰作。据说，安徒生曾与路易丝——他的恩人乔纳斯·科林的女儿有过一段恋情，但这段恋情因科林的反对无疾而终。安徒生的处女作《即兴诗人》和童话名篇《海的女儿》都是他在失恋后创作出来的。可以说，苦涩的爱情经历成就了这些作品。

安徒生虽然终生未婚，但当他70岁去世时，已经是享誉世界的童话作家，其作品深受读者喜爱。

07

宫泽贤治

童话作家、诗人、教育家

出生地……日本

生卒年……1896—1933年

『不惧风雨……』这首留在宫泽贤治笔记本里的诗，在他去世后才被人发现。这首诗，是宫泽贤治一生的真实写照。

以“自我牺牲”为创作主题

宫泽贤治出身于日本岩手县一个经营当铺的家庭。他起初打算继承家业，但后来思想发生改变，认为自己没有经营当铺的才能。宫泽贤治以“自我牺牲”为主题，创作了《银河铁道之夜》《卜多力的一生》《夜鹰之星》等众多作品。

非常
讲义气。

少年时代的逸事

阿贤！
咕嘟咕嘟

宫泽贤治上小学时，他的一个朋友因为恶作剧，被罚端着满满一碗水站在走廊里。宫泽贤治为了帮助朋友，竟把碗里的水都喝光了。

借点儿钱吧！
不愿从事当铺行当

宫泽贤治不喜欢家里的当铺，与父亲产生了一些矛盾。

与父亲不和

宫泽贤治家开着当铺，家境殷实。他看到农民们因为粮食歉收而不得不当东西以维持生计时，便产生了“没有全人类的幸福，就不可能有个人的幸福”的想法。

我不用变得很了不起。
妹妹

因为妹妹是家中唯一与自己志趣相同的人，所以宫泽贤治十分宠爱她。怎料，妹妹年纪轻轻，不幸去世。这对宫泽贤治打击很大，他写了很多作品，来寄托对妹妹的哀思。

“理想乡”伊哈托布

宫泽贤治在农业学校担任教师时，出版了童话作品《要求太多的餐馆》，并将“伊哈托布童话集”作为副书名。“伊哈托布”一词在他的其他作品中也多次出现。这是宫泽贤治自造的词，既象征着他内心世界中的“理想乡”，也是他的故乡——日本岩手县的一个缩影。也就是说，伊哈托布不仅仅是宫泽贤治的幻想，还是他以岩手县为中心，力求创造一个“理想乡”的不懈努力的体现。

由此，我们看到了宫泽贤治的另一面——他作为农民、农业指导者的一面。宫泽贤治创办了农业技术讲习所和农民协会，他不单单在讲台上教授农业知识，还身体力行，亲自下地耕种。宫泽贤治为了改善家乡人民生活所做的一切，体现了他对家乡深深的热爱。

宫泽贤治的多重身份
不惧风雨……又开始『画素描』了……
永远的『未完成』才是所谓的『完成』。
要听唱片吗？
农民也可以是艺术家嘛！
话说……要不要听唱片？
别光用脑袋去记，要用身体去感知！
春天与阿修罗
《春天与阿修罗》是宫泽贤治唯一的一部诗集。
诗人
教师
地质学爱好者
童话作家
农业指导者

作为教师，宫泽贤治教导学生们不仅仅要用头脑去记东西，还要用身体去感知。他认为，这样学生就会为知识所感动，学习不是要把知识硬塞进脑子，而是要为之感动。

诗人

宫泽贤治称自己的作品是“心象素描”，而不是诗。其实是他认为自己的作品还不够成熟。

地质学爱好者

宫泽贤治从小喜欢收集矿石，因此被人称为“石头之子阿贤”。他对矿石的喜爱在《银河铁道之夜》中有淋漓尽致的体现。

教师

童话作家

宫泽贤治一边担任教职，一边创作《要求太多的餐馆》等童话作品。他还酷爱音乐。据说，他每次光顾唱片店都买好多唱片，为此唱片店还专门给他寄感谢信。

农业指导者

宫泽贤治创办了农业技术讲习所和农民协会，为提高农民的生活水平而奋斗。

专栏

通过数据看诺贝尔文学奖

诺贝尔奖首次颁发于1901年，主要颁给那些在物理学、化学、文学等6个领域做出杰出贡献的人。让我们通过数据（数据截至2018年11月）了解一下诺贝尔文学奖的详细情况吧。

获奖年龄

获奖时最年长的10位

1	多丽丝·莱辛	88岁
2	特奥多尔·蒙森	85岁
3	雅罗斯拉夫·塞弗尔特	83岁
4	爱丽丝·门罗	82岁
5	保尔·冯·海塞	80岁
6	托马斯·特兰斯特勒默	80岁
7	维森特·阿莱克桑德雷	79岁
8	埃乌杰尼奥·蒙塔莱	79岁
9	温斯顿·丘吉尔	79岁
10	萨缪尔·阿格农	78岁

生于波斯（现伊朗）的英国女作家莱辛以88岁高龄成为最年长的诺贝尔文学奖得主。德国历史学家蒙森紧随其后，获奖时85岁，但他在获奖次年便去世了。

获奖时最年轻的10位

1	鲁德亚德·吉卜林	42岁
2	阿尔贝·加缪	44岁
3	辛克莱·刘易斯	45岁
4	赛珍珠	46岁
5	西格里德·温塞特	46岁
6	约瑟夫·布罗茨基	47岁
7	尤金·奥尼尔	48岁
8	莫里斯·梅特林克	49岁
9	罗曼·罗兰	49岁
10	盖哈特·霍普特曼	50岁

生于印度的英国作家吉卜林获奖时仅42岁，是最年轻的诺贝尔文学奖得主，他的代表作为《丛林之书》。法国小说家、剧作家、哲学家加缪位居第二，获奖时44岁。

获奖者的男女比例

女性
14人
男性
100人

诺贝尔文学奖于1901年首次颁发。1909年获奖的瑞典作家塞尔玛·拉格洛夫是第一位获奖的女作家。之后，每10年左右都有一位女作家获奖。

获奖者的年龄

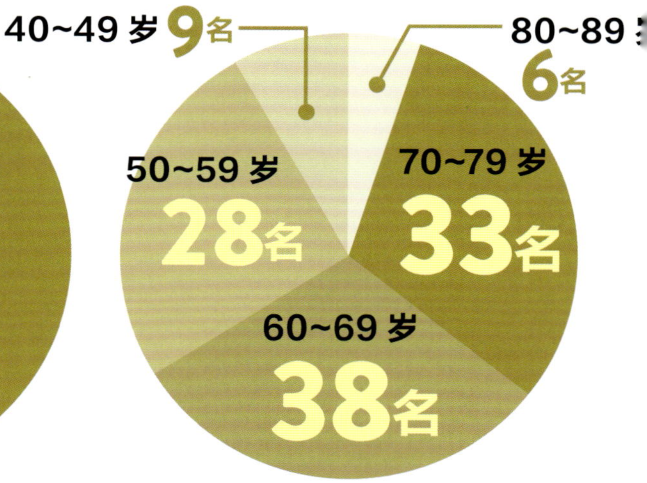
40~49 岁 9名
80~89
6名
50~59 岁
28名
70~79 岁
33名
60~69 岁
38名

如图所示，大多数获奖者年龄在60岁以上，其中正好在60岁获奖的人最多，有8位。而65～70岁是获奖者年龄分布最密集的区间。

获奖者最多的国家

丹麦和挪威分别有3人获奖。日本、智利、希腊分别有2人获奖。

（代表10人、代表1人）

1	法国	15 人
2	美国	10 人
2	德国	10 人
2	英国	10 人
3	瑞典	7 人
4	意大利	6 人
5	俄罗斯	5 人
5	西班牙	5 人
6	波兰	4 人
6	爱尔兰	4 人

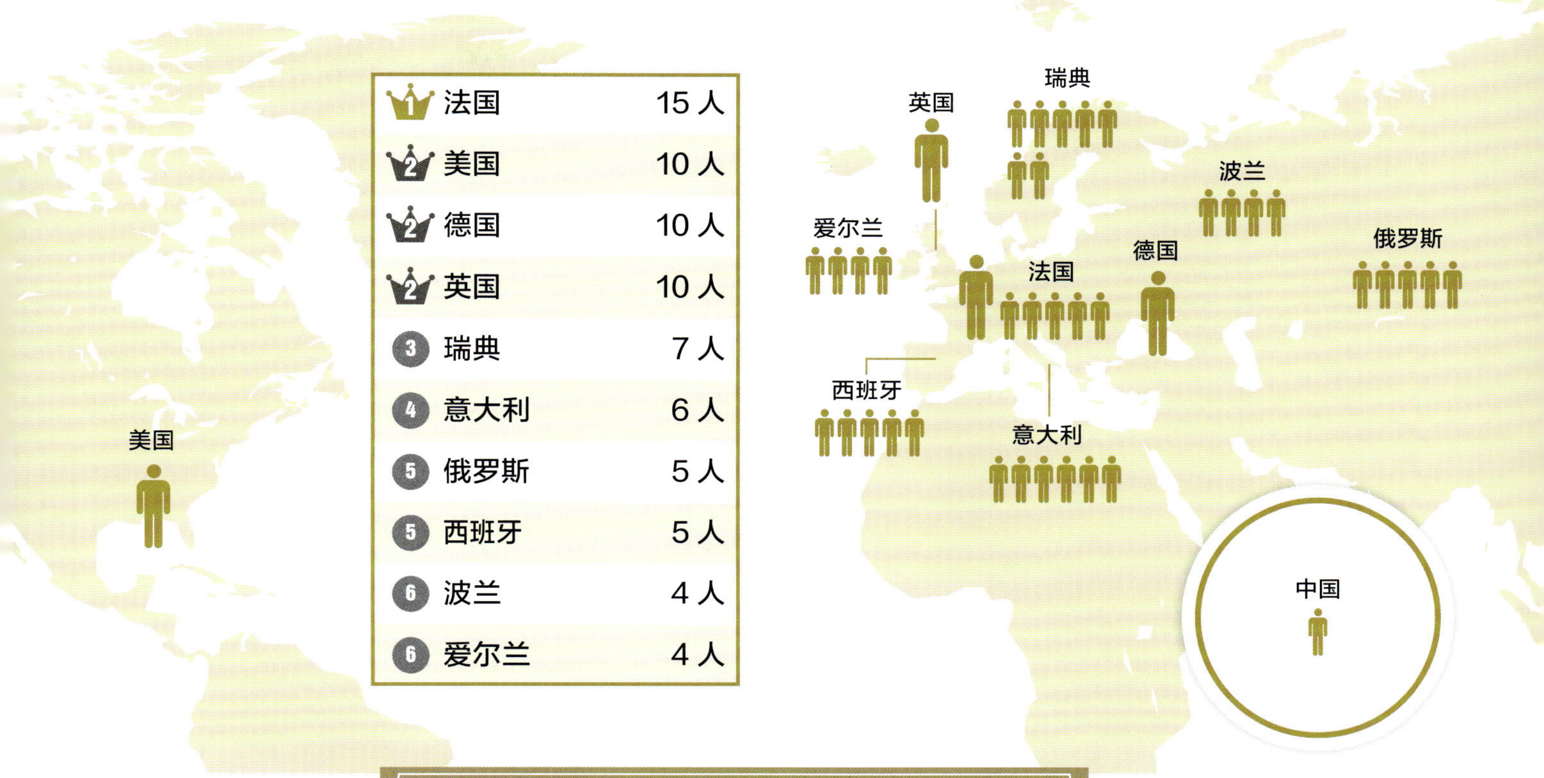

美国
英国
瑞典
波兰
爱尔兰
法国
德国
俄罗斯
西班牙
意大利
中国

获奖者的创作语言

诺贝尔从小喜爱文学，除母语瑞典语之外，他还精通英语、法语、德语、意大利语和俄语。

- 29人 英语
- 14人 法语
- 13人 德语
- 11人 西班牙语
- 7人 瑞典语
- 6人 俄语
- 6人 意大利语
- 4人 波兰语
- 3人 丹麦语
- 3人 挪威语
- 2人 日语
- 2人 希腊语
- 1人 中文
- 1人 土耳其语
- 1人 匈牙利语
- 1人 葡萄牙语
- 1人 阿拉伯语
- 1人 捷克语
- 1人 意第绪语
- 1人 希伯来语
- 1人 塞尔维亚－克罗地亚语
- 1人 冰岛语
- 1人 芬兰语
- 1人 孟加拉语
- 1人 普罗旺斯语

08

陀思妥耶夫斯基

创作罪与罚的俄国作家

出生地……俄国

生卒年……1821—1881年

俄国作家陀思妥耶夫斯基因《罪与罚》《卡拉马佐夫兄弟》等作品闻名于世。这些作品是他思想与内心的写照，赢得了包括文学界在内的各领域的先驱者的称赞。

19世纪下半叶俄国文学的代表作家

陀思妥耶夫斯基是家中次子，他的父亲是莫斯科一家济贫医院的医生。他16岁考入圣彼得堡的一所军事工程学校，毕业后留在该校工程部制图局工作。但由于工作不合志趣，不到一年他便离职，立志成为一名作家。

陀思妥耶夫斯基患有癫痫，情绪反复无常，一生深受该病困扰。躁郁症状对他的性格和创作产生了很大的影响。

好，就是这样！好……好……再来一局！
嗜赌如命
啪啦
啪啦
……
医生，我这花钱大手大脚的毛病能治好吗？
请求出版社预支稿酬
用口述方式进行创作
口若悬河
奋笔疾书
赌博
我一定会再写作品，预支点儿稿酬给我吧！
肯定又想去赌博……

陀思妥耶夫斯基不仅花钱大手大脚，还一度沉迷于赌博，屡赌屡输。后来，他的哥哥安排了一名医生和他同住，对他进行监督。

陀思妥耶夫斯基想快点儿出书以还清欠款，但日程安排十分紧张，于是他便采用自己口述、他人代为记录的方式进行创作。《罪与罚》《赌徒》等作品都是用这种方式完成的。据说，他仅用26天就完成了《赌徒》的创作。

成为作家之后的陀思妥耶夫斯基，常常请求出版社预支稿酬给他，他创作出作品后再偿还欠款。

思想家的觉醒

凭借处女作《穷人》声名鹊起后，陀思妥耶夫斯基在创作上遭遇了瓶颈。不久，他因反对沙皇政府，遭到逮捕并被判处死刑。

后来，沙皇尼古拉一世特赦了他，陀思妥耶夫斯基被流放西伯利亚。有人认为，沙皇政府意在利用死刑来震慑他，而非真的要杀他。不过，陀思妥耶夫斯基根据这一段经历创作了《死屋手记》《白痴》等作品。

赌博恶习与创作灵感

陀思妥耶夫斯基喜欢赌博，平时花钱大手大脚。他手头一有钱就得先还债，然后便开始肆无忌惮地挥霍，不知不觉中再次债台高筑。这样的恶性循环导致他的生活捉襟见肘。

据说，他还根据自己在失恋后沉湎于赌博以消解忧愁的经历创作了《赌徒》这部作品。

想要拥抱全人类
情绪变化不定
陀思妥耶夫斯基情绪波动很大。
心思细腻敏感
心情愉快的时候，他想要“拥抱”全人类；心情低落的时候，他对一切都感到不满，有一种深深的罪恶感。
好累啊！
啊！
真没意思。
……
生气
通过作品讽刺他人
太过分了！
群魔
全身心投入
陀思妥耶夫斯基表面谦虚，其实他特别关注自我，有强烈的被害妄想倾向。如果受到他人侮辱，他会执着地伺机报复。
在《群魔》一书中，陀思妥耶夫斯基塑造了一个以屠格涅夫为原型的人物。据说，两人因此绝交。
陀思妥耶夫斯基在恋爱方面同样十分执着。他的第一任妻子是个名叫玛丽亚的遗孀。当她告诉陀思妥耶夫斯基自己打算跟他离婚时，他心慌意乱，曾在给友人的信中这样写道：
“如果我失去了我的天使，我一定会发疯！”

09

法布尔

昆虫习性研究的先驱者

法布尔曾说过，昆虫身上隐藏着巨大的惊喜。对昆虫的热情支撑着法布尔研究和创作。

《昆虫记》与“活的研究”

法布尔创作的《昆虫记》，其魅力在于原汁原味地描绘了昆虫鲜活的样子。

我们可以从几则趣事中一窥法布尔从事的这种“活的研究”。

例如，法布尔在研究蛾子时，发现雌蛾子可以发出一种吸引雄蛾子的特殊气味。他便将雌蛾子放在房间里并让窗户整晚开着，结果第二天竟有几十只雄蛾子在屋子里飞舞。

还有一种名为“食鸟蛛”的毒性很强的蜘蛛，法布尔为了验证其毒性，故意抓一只麻雀让食鸟蛛咬，结果麻雀被毒死，食鸟蛛的毒性得到了证实。

“流浪中学生”
家庭破裂
唉
对不起……
再见！
虽然法布尔家境贫寒，但他的父母很重视教育，所以少年时期的法布尔成绩优异。但在法布尔15岁那年，父亲创业失败。家庭分崩离析，法布尔成了名副其实的“流浪中学生”。
与吃饭相比，满足求知欲更重要！
做过各种各样的工作
诗集
咕咕咕
虽然穷到连饭都吃不上，但酷爱学习的法布尔仍然喜欢买书。热爱学习的他终于拿到了一份可以帮助自己的奖学金。
从师范学校毕业后，法布尔开始了执教生涯。
法布尔一边教书，一边钻研博物学。他通过自学获得了学士学位，陆续发表了一些关于植物和昆虫研究的论文。
雄蕊
雌蕊
某天，法布尔在教堂里做关于植物的讲座。
因为当着女性的面提到了“雄蕊”和“雌蕊”，法布尔被指责猥亵女性，为此丢掉了教师的工作……
太无耻了！
真下流啊！

出生地……法国

生卒年……1823—1915年

法布尔在不同国家的“境遇”

在法布尔晚年，《昆虫记》终于得到了认可。他还曾获得法国荣誉军团勋章。然而，比起热闹的场合，“怪人”法布尔更喜爱大自然，曾一度拒绝出席授勋仪式。

事实上，法布尔生前在法国并未得到广泛认可，特别是学术界没有给予他太高的评价，这可能与《昆虫记》被视为科学读物而非学术论著有关。直到法布尔的作品在世界范围内被翻译出版后，他才得以名声大噪。在德国、荷兰、日本等国，他的作品广受喜爱，有力地推动了昆虫学的普及。

在法布尔的祖国——法国，仍有许多人对他所知甚少。但在中国、俄罗斯、日本、韩国等国家，他的《昆虫记》可谓家喻户晓，深受小朋友们的喜爱。

某天的餐桌
炸蝉
好香啊！
刺啦刺啦
橄榄油
盐
吃完之后……
啊！
这哪儿能吃呀！
据说古希腊哲学家亚里士多德认为蝉是一种美味，因此法布尔尝试将蝉用油炸过再吃……
法布尔孜孜不倦地研究昆虫。虽然经济状况不佳，但他仍完成了《昆虫记》的创作。法布尔最感兴趣的昆虫是粪金龟！《昆虫记》的第一卷，就是围绕粪金龟展开的。
对粪金龟极感兴趣
平时粪金龟将各种粪便滚成球状作为食物，但在产卵时它们会将粪便滚成梨的形状。
虽然无法重返讲台
但今后可以
专心研究昆虫了!!
沙沙
法布尔发现了蛛蜂是狼蛛的天敌。
蛛蜂VS狼蛛
哈哈
嗖
啊
遇到狼蛛后，蛛蜂会像鹰一样俯冲，刺向狼蛛，用毒液使其麻痹。
法国微生物学家巴斯德在研究蚕病时，曾向法布尔求教。最初巴斯德并不知道蚕是有茧的。请教法布尔之后，巴斯德继续深入研究，发现了寄生在蚕身上的病原体。
您的好意我心领了，但您的捐款我不能收。
法布尔是个固执的人，会将别人捐给他的钱原路退回。
唰！
唰！
耿直的“老顽固”
巴斯德与法布尔
假的吧
?!
蚕茧内有蛹
茧

10

著名思想家、俄国文学界的巨人

列夫·托尔斯泰

出生地……俄国

生卒年……1828—1910年

俄国作家列夫·托尔斯泰凭借战争与和平 安娜·卡列尼娜等作品广为人知，他不仅是俄国文学界的巨人，还是一位备受世人瞩目的思想家，他的思想深刻地反映在其作品中。

并非无忧无虑的童年

1828 年，列夫·托尔斯泰生于俄国的一个贵族家庭，他是家中的第四子。托尔斯泰虽然在富裕的家庭中长大，但 2 岁时母亲去世，9 岁时父亲也离他而去。后来，作为监护人的祖母和亲戚也相继离世。在距离莫斯科 800 千米之遥的喀山的姑妈最终收留了他。

有人认为，正是至亲的相继去世，造就了托尔斯泰耽于冥想、耽于内省的性格。

丰富的人生经历

青年托尔斯泰在喀山大学学习阿拉伯语、土耳其语。因为成绩不佳，第二年他转到法律系学习。但托尔斯泰始终对枯燥的课程内容和刻板的教学方式提不起兴趣，以致最终退学。

贵族世家

托尔斯泰出身于莫斯科一个贵族家庭。他小时候非常喜欢读书。

喀山大学
入学—退学
这样的生活难免令人厌倦。
这可不行！
加入炮兵队

进入大学后，托尔斯泰经常出入各种社交场所。大学里枯燥的课程内容和刻板的教学方式让他大失所望，以致他最终退学。

退学后，托尔斯泰回到家乡尝试农业改革，但改革以失败告终。他因此一蹶不振。

托尔斯泰担任炮兵队的预备军官。其间他创作的自传体小说《童年》获得高度评价。

回到故乡后，奋发图强的托尔斯泰投身于农业改革，但改革以失败告终。之后，托尔斯泰投靠哥哥加入炮兵队，参加了战争。其间他发表了小说《童年》，获得好评。这使托尔斯泰下定决心成为真正的作家。在战争中的经历，为他之后非暴力思想的形成奠定了基础。

退伍之后，托尔斯泰心系教育，两度游访西欧。他在自己的庄园里创办学校，努力为农民的孩子们提供良好的教育条件。他对教育的热情一生未曾改变。

思想发生巨变的晚年

在写完《安娜·卡列尼娜》之后，托尔斯泰的思想开始发生转变，这种变化明显地反映在此后的作品中。他晚年发表的作品《复活》，自始至终充斥着对当时俄国堕落的社会风气的猛烈批判。因为这部作品触犯了俄国东正教的教义，托尔斯泰被革除了教籍。

晚年，托尔斯泰与妻子因思想上的分歧产生矛盾，毅然离家出走。然而，由于严寒和疲劳，旅途中的托尔斯泰患上了急性肺炎。他只好中止旅行，但病情不断恶化，一周后托尔斯泰与世长辞，享年 82 岁。

这是……
托尔斯泰的《致一个印度人的信》深深地影响了甘地……
致一个印度人的信
甘地
热心社会事业
安娜·卡列尼娜
战争与和平
托尔斯泰用写作赚来的钱帮助穷人。他甚至为了帮助穷人获得救济金而写作，这令妻子十分不满……
我再也不要过奢侈的生活了！
82岁时离家出走
版税
贵族生活带来的羞耻感和罪恶感，以及与妻子多年的矛盾，让托尔斯泰决定离家出走。但年事已高的他不胜严寒，最终死在了火车站。
请您收下。
稿酬
太感谢您了！

11

马克·吐温

堪称现实生活中的汤姆·索亚的美国作家

美国作家马克·吐温因汤姆·索亚历险记等小说而广为人知。他因幽默风趣、饱含讽刺意味的文风而大受欢迎，他的作品深刻地影响了美国现代文学。

出生地……美国

生卒年……1835—1910年

在密西西比河的哺育下成长的少年

马克·吐温出生在美国密苏里州密西西比河沿岸小镇的一户贫苦人家，他 12 岁丧父，随后退学进入印刷厂做学徒。他一边在印刷厂工作，一边学习各种知识和技能。

后来，他离开故乡，当起了汽船领航员。当时，密西西比河是美国十分重要的航道，被视为美国水路交通的生命线。因此，住在河道沿岸的孩子们对汽船领航员这份工作十分向往。

爱搞恶作剧的顽皮少年
喵！
领航员与笔名
哥哥……

马克·吐温本人像他笔下的汤姆·索亚一般顽皮淘气，他的母亲为此操碎了心。不过，他也受母亲的影响，天性纯良，善于沟通。

马克·吐温曾做过密西西比河上的汽船领航员。他的笔名“马克·吐温”就取自水手们测量水深时用的术语。

作家生涯的开端

南北战争爆发后，失业的马克·吐温曾在军队服役一段时间，后来谋得了在报社的工作。

他一边靠当记者维持生计，一边以“马克·吐温”为笔名发表游记和幽默小说。笔名“马克·吐温”源于水手测量水的深度时使用的术语。

曾游历美国夏威夷以及欧洲等地的马克·吐温，基于亲身经历在报纸上撰文，连载作品。获得好评后，他又出版了多部长篇游记，终于成为引人瞩目的新晋作家。

畅销书的诞生

马克·吐温以密西西比河沿岸小镇为故事发生地创作的《汤姆·索亚历险记》《哈克贝利·费恩历险记》等作品广受好评。这些超级畅销书确立了他在美国文坛的地位。他常常在作品中讲述自己的真实经历以及儿时听过的各种传闻，作品中提到的洞窟、岛屿等探险地很多都是真实存在的。

马克·吐温晚年由于投资失败，濒临破产。为了偿还债务，他开始在欧美各国做巡回演讲。为了吸引听众，他还对演讲策略进行过深入的研究。

马克·吐温通过努力终于还清了全部债务，然而爱女和妻子却相继离世。1910年，74岁的马克·吐温也与世长辞。

《汤姆·索亚历险记》
讲述了发生在密西西比河沿岸小镇及周边地区的故事。故事中的人物以马克·吐温童年居住过的小镇上的居民为原型。

在意读者反应的作家
马克·吐温常常把完成的作品读给别人听，以便了解人们的反应。最让他在意的是那些一听他读马上就睡着了的人。
如何治愈感冒
《汤姆·索亚历险记》的出版过程十分曲折，该书最终在1876年得以出版。
马克·吐温曾因严重的感冒和支气管炎苦恼不已，为此他创作了《如何治愈感冒》这部作品。
哈雷彗星与马克·吐温
马克·吐温出生那一年，天空中出现了哈雷彗星。他曾宣称“我将与哈雷彗星一同离开”。结果他的确在哈雷彗星再度出现时离开了人世。

12

西顿

擅长插画的博物学家和动物文学作家

西顿创作的动物文学作品在世界文坛上可谓独树一帜。西顿不仅能写故事，还擅长创作插画。

出生地……英国

生卒年……1860—1946年

立志成为画家的青年

欧内斯特·汤普森·西顿生于英国，6岁时移居加拿大。孩提时代，他在加拿大美丽的大自然中接触到各种动物，这样的经历成为日后西顿创作文学作品的源泉。

西顿原本立志成为一名博物学家，但在父亲的劝说之下走上了画家的道路。大学时期，西顿就已经非常擅长画各种动物了。

大学毕业后，西顿只身前往英国继续深造。参观大英博物馆再度点燃了西顿成为博物学家的梦想，他开始天天泡在博物馆里。

此后西顿又来到美国，继续创作各类动物插画。他在美国和加拿大的原野上旅行，观察各种野生动物。为了进一步学习绘画，西顿前往法国，但在30岁时又返回加拿大。

曾经是画家
西顿本想成为博物学家，但遭到父亲的反对。在父亲的建议下，他走上了画家之路。画动物对西顿来说游刃有余，他以优异的成绩从美术学院毕业。
你要当一名画家！
我想成为博物学家……
先考上美术学院再说吧！
西顿赴英国伦敦学习绘画。在那里他参观了大英博物馆，成为博物学家的梦想被唤醒。他有一张可终身使用的大英博物馆门票，可以每天从早到晚泡在博物馆里。
白天画画，晚上读书
西顿为了学习绘画曾在巴黎待过一段时间。但对大自然的热爱促使他重返加拿大。
还是回加拿大吧！
还是大自然最美！
我什么都能画！
西顿在纽约为百科全书绘制插图，人气颇高。

与动物们邂逅

在加拿大，西顿以博物学家的身份出版图书。有一次，他受委托前往美国新墨西哥州，在那里遇到了“狼王洛波”。

洛波真是一头厉害的狼！
托它的福，这本书成了畅销书！

嗷——
狼王洛波

孤熊华普的一生

公鹿的脚印

田野主人豁豁耳

《狼王洛波》出版后，引起了很大的轰动。西顿的名字从此家喻户晓。

除了高傲的狼王洛波之外，西顿还在作品中塑造了灰熊、沙丘鹿、棉尾兔、旗尾松鼠等许多动物形象。

从邂逅野狼到《狼王洛波》的出版

由于牧场的牛群经常被野狼袭击，美国的牧场主希望对动物习性了如指掌的西顿能帮助他们解决这一问题，于是就有了西顿和野狼的邂逅。这头野狼就是后来大名鼎鼎的狼王洛波。捕获洛波后，西顿根据这段经历创作了《狼王洛波》。这本书在美国出版后大受欢迎，为西顿赢得了美国的市民待遇 。

在西顿创作的动物文学作品中，除了《狼王洛波》还有许多脍炙人口的故事，这些故事都非常精彩、感人至深。例如，《孤熊华普的一生》讲述了在父母、兄弟被杀后，举目无亲的小熊历经苦难终成山之王者的故事；《田野主人豁豁耳》讲述了幼时耳朵被蛇咬破的野兔的冒险故事；《公鹿的脚印》讲述了猎人与雄鹿的故事。

西顿的活动为后来欧美国家童军运动的发展奠定了基础。同时，他还致力于普及森林生存知识。

我要在英国普及森林生存知识！
幼童军
狼的孩子

童军中的幼童分支被称为幼童军，被赋予了“狼的孩子”的含义。

13

阿加莎·克里斯蒂

杰作等身的『侦探女王』

出生地……英国

生卒年……1890—1976年

侦探小说家阿加莎·克里斯蒂著有东方快车谋杀案 无人生还等多部畅销小说。这些作品多次被改编为电影、电视剧，以各种形式吸引着大量观众。

“侦探女王”

阿加莎·克里斯蒂侦探小说的魅力，在于让每一位读者手不释卷的巧妙设计和引人入胜的情节。她一生创作的长篇、短篇小说共计120多部。《大侦探波洛全集》和《马普尔小姐探案全集》自不必说，其他如《无人生还》等，也都是举世闻名且畅销不衰的作品。她这些作品至今已累计发行约20亿册。阿加莎·克里斯蒂是名副其实的“侦探女王”。

药剂师职业的影响

阿加莎·克里斯蒂20多岁时曾在医院的药房工作过，因此她掌握了很多关于药品的知识。这为她之后的文学创作打下了基础。1914年第一次世界大战爆发，阿加莎·克里斯蒂作为志愿者，在一家药房里担任药剂师的助手。由于每天接触形形色色的药品，她便萌生将这些知识应用于小说创作的想法。于是，她创作了描写毒杀案的《斯泰尔斯庄园奇案》，之后又陆续创作了与毒药有关的侦探小说。可以说，阿加莎·克里斯蒂描写的杀人案大部分都是毒杀案。

Xmas Eve
1914年
结婚
少女时代
我也要写！
姐姐的影响下
在写小说的
从小就喜爱阅读的克里斯蒂，创作了短篇小说美女之家。
一半以上毒杀案中都用到了我！
怎样才能把药品知识活用到作品里呢？
药剂师时代
与年轻的军官相遇，坠入爱河。

来自比利时的特立独行的侦探
赫尔克里·波洛的诞生！
1928年发表
《周二夜间俱乐部》
马普尔小姐
就在我灰色的脑细胞里！
事件的真相就在这里……
人物的塑造
克里斯蒂偶然看到一个路过的比利时男人。
怎样才能写出超越波洛的人物呢？
克里斯蒂从伊斯坦布尔的旅行中获得灵感，写出了《东方快车谋杀案》。
东方快车

关于波洛

《大侦探波洛全集》的主人公赫尔克里·波洛是阿加莎·克里斯蒂作品中的代表性人物，是文学世界中最受喜爱的侦探形象之一。可出乎意料的是，阿加莎·克里斯蒂本人并不怎么喜欢他。因为波洛个性鲜明且太受读者欢迎，克里斯蒂很难再塑造出一个全新的侦探形象。她曾经提到，自己写波洛已经写腻了。

神秘失踪事件

1926 年 12 月的一天，阿加莎·克里斯蒂独自一人离家，消失了十几天。因为她名气大，这一事件在当时引起了巨大轰动。

根据后来公布的消息，克里斯蒂离家是精神崩溃所致，但她本人几乎没有就此事进行过任何说明。有一种看法认为，母亲的离世和丈夫的背叛给克里斯蒂造成了双重打击，是其失踪的原因。

1928年
离婚
克里斯蒂与丈夫阿奇关系渐渐冷淡……
婚恋经历
再婚
在从伊斯坦布尔到巴格达的旅途中，克里斯蒂与考古学家马克斯相遇。后来，他们结婚了。
马克斯的求婚让克里斯蒂又惊又喜，她考虑再三，终于重新步入婚姻的殿堂。
在协助马克斯进行考古挖掘的过程中，《尼罗河上的惨案》诞生了！
晚年
克里斯蒂到了晚年，仍以充沛的精力创作侦探小说。
被授予荣誉称号（女爵士）！
在发表『波洛系列』最后一部幕后凶手后的第二年，克里斯蒂离开了人世。

14

江户川乱步

被誉为日本『侦探推理小说之父』的

出生地……日本

生卒年……1894—1965年

江户川乱步本名平井太郎，『江户川乱步』为笔名，在日语中是美国作家爱伦·坡的名字的谐音。

重度社交恐惧症患者

以推理小说《怪盗二十面相》闻名的江户川乱步在这部作品中成功地塑造了明智小五郎以及少年小林芳雄率领的少年侦探团的形象，之后又发表了多部系列作品。江户川乱步深受欧美推理小说的影响，创作了大量脍炙人口的侦探小说，对日本的推理小说创作产生了深远影响。

其实，江户川乱步年轻时患有严重的社交恐惧症。在成为作家之前，还是公司职员的他经常躲在单身宿舍的衣柜或阴暗的角落里。成为知名作家后，一旦创作受挫，他便会出去泡温泉或一个人闷在家里。

当自己尊敬的作家登门造访时，羞于见人的江户川乱步让妻子撒谎说他出门旅游了。几个月后真的去旅游时，他给这位作家写了一封信，信上说：“为了向您表示歉意，我这次真的去旅行了。”

不过，人到中年后，他却像换了一个人，开始频繁出现在公众的视野里。他拉上同为作家的好友花一个晚上的时间在街上找酒馆，还参加各种广播电视节目的录制。

多病的少年时代
上体育课请假
因为体弱多病，所以江户川乱步非常不喜欢体育课。
请假条
以生病为借口，一年中有1/3的时间都在偷懒……
我得想办法逃课。干脆出国吧！
为了逃避体育课，江户川乱步竟有了出国的想法。
为了制订计划，他买了很多地图……
太好了！我要去中国做生意！
干什么呢?!
中国地图
结果他被体育老师发现了……
出国计划破产了！
停课5天作为惩罚！

各种各样的工作经历

打字机销售员
物美价廉！
小商贩
没办法，也许哪天我就写不成小说了，谁也说不准！
哇啦
哇啦…
教英语的家庭教师
印刷厂排版工
二手书店店员
我还在这些地方工作过。
贸易公司
剧场售票处
工人俱乐部
律师事务所
……
造船厂
政府部门
化学研究所
报社广告部

社交恐惧症患者

江户川乱步患有社交恐惧症，害怕与他人对视，羞于与他人接触。上小学时，他不敢和女同学说话……

比江户川乱步高两个年级的女生
我们在《人间椅子》等作品中，又能看到他的另一面！

推理小说作家

江户川乱步的贡献在于他大大提升了一直被视为通俗文学的推理小说在日本文学史上的地位。

江户川乱步不仅创作了大量面向青少年的推理小说，还发表了不少带有奇幻色彩的作品，如《帕诺拉马岛奇谈》《人间椅子》等。一方面患有社交恐惧症，另一方面又写出了带有奇幻色彩的小说，江户川乱步身上体现出来的人格的两面性耐人寻味。

每当有粉丝向江户川乱步索要签名时，江户川乱步就会写下“现世是梦，夜里的梦才是真实的”或“白昼如梦，夜晚方真”，我们由此也能看出他性格的两面性。

15

圣埃克苏佩里

翱翔天际的作家

出生地……法国

生卒年……1900—1944年

他既是飞行员也是作家，留下了夜航等许多描写冒险经历的作品。

他的代表作小王子因活泼明快的插画和富于哲理的故事而广受读者欢迎。

翱翔天际的作家

因飞行员和作家的双重身份，圣埃克苏佩里多在作品中讲述自己与伙伴们的冒险故事，这些故事将读者带入了一个更为广阔的世界。

圣埃克苏佩里出生在没落的贵族家庭。孩提时代的他衣食无忧，拥有天马行空的想象力，对飞机有浓厚的兴趣。在他生活的年代，飞机已经被发明出来，正处于反复进行试验飞行的阶段。他克服了重重困难，获得了飞行员驾驶证，实现了自己翱翔天空的梦想。后来，他将自己驾驶飞机的经历写成书，走上了作家的道路。

如果能跑到那座建筑物屋檐下，并且不被雨淋湿，就能成为骑士！
少年时代
他从小就喜欢幻想，梦想飞上蓝天！
对翱翔天际的憧憬
经过多次恳求，他终于在12岁时第一次坐上了飞机后座！
后来成了飞行员
代表作也与飞行经历有关
1931年 《夜航》
1939年 《人的大地》
流传甚广
帽子……奥德赛……
写作高手
他15岁时在作文课上创作的故事获得了学校的最优秀奖！
日本导演宫崎骏是圣埃克苏佩里的忠实粉丝。《夜航》日文版封面的插图就出自宫崎骏之手。

玩心不减的大人

圣埃克苏佩里常常被周围的人视为怪人，这可能与他玩心不减的性格有关。有一次，飞机遭遇故障，周围的人都在担心生命安危，他却坐在驾驶座上画画。虽然他这么做是因为淡定，但这也和他爱玩的天性不无关系。

这也是他的魅力所在。他喜欢表演纸牌戏法和其他魔术，并且能通过这些迅速和别人打成一片。得益于这样的性格，他在北非时与当地部落建立了良好的关系，成功地完成了多次谈判。

他珍视自己幸福的童年，从不曾失却童心。因此，他能将看似空无一物的大沙漠变成故事的世界。

他喜欢表演
纸牌戏法，让
他人惊讶不已！

对飞行事业的无比热爱

圣埃克苏佩里虽然遭遇过多次飞行事故，但终其一生从未放弃驾驶飞机。1923 年，因飞机坠落，他的头部遭受重伤，这成了未婚妻路易丝悔婚的原因之一。1935 年，在撒哈拉沙漠坠机后，他在几日内连续步行了 180 千米。1944 年，他驾驶的飞机从科西嘉岛起航后，再也没有返回。他在这次飞行前交给朋友的便条上写着“就算回不来，我也决不后悔”。从中可以看出他对飞行事业的无比热爱。

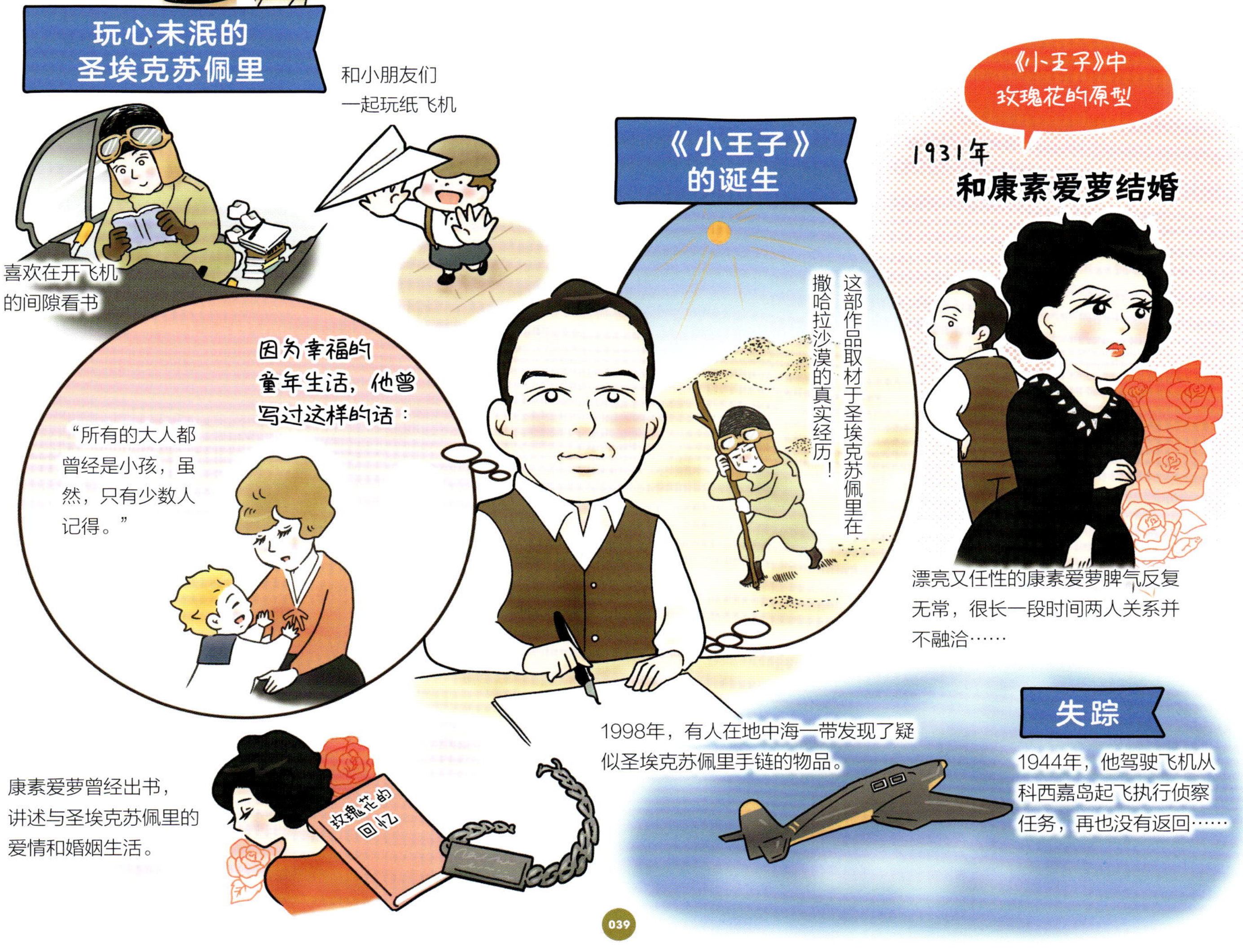
玩心未泯的
圣埃克苏佩里
喜欢在开飞机
的间隙看书
和小朋友们
一起玩纸飞机
因为幸福的
童年生活，他曾
写过这样的话：
“所有的大人都
曾经是小孩，虽
然，只有少数人
记得。”
《小王子》
的诞生
这部作品取材于圣埃克苏佩里在
撒哈拉沙漠的真实经历！
《小王子》中
玫瑰花的原型
1931年
和康素爱萝结婚
漂亮又任性的康素爱萝脾气反复
无常，很长一段时间两人关系并
不融洽……
1998年，有人在地中海一带发现了疑
似圣埃克苏佩里手链的物品。
失踪
1944年，他驾驶飞机从
科西嘉岛起飞执行侦察
任务，再也没有返回……
康素爱萝曾经出书，
讲述与圣埃克苏佩里的
爱情和婚姻生活。
玫瑰花的
回忆

专栏

通过名言警句看世界名家

作家，是能让读者体验各种虚构的人生经历的『语言魔法师』，他们为我们留下了许多耐人寻味、充满哲理的名言。

欧内斯特·海明威

国籍：美国
生卒年：1899—1961年
代表作：《太阳照常升起》《老人与海》

“确认某些人是否可以信任的最好的办法，就是信任他们。”

爱伦·坡

国籍：美国
生卒年：1809—1849年
代表作：《黑猫》《莫格街谋杀案》

“有些秘密还是不去破解为妙。”
“我所见所想，不过是镜花水月。”

莎士比亚

国籍：英国
生卒年：1564—1616年
代表作：《哈姆雷特》《罗密欧与朱丽叶》

“世界是一个舞台，所有的男男女女不过是一些演员。”

马克·吐温

国籍：美国
生卒年：1835—1910年
代表作：《汤姆·索亚历险记》

“每当你发现自己和大多数人站在一边，你就该停下来反思一下。”

毛姆

国籍：英国
生卒年：1874—1965年
代表作：《月亮与六便士》

“如果你买了票上车，而这辆车又行驶在正轨上的话，你将无法懂得人生。”

约翰·斯坦贝克

国籍：美国
生卒年：1902—1968年
代表作：《愤怒的葡萄》《伊甸之东》

“天才是沉迷于追蝴蝶，却不觉登上山顶的少年。”

加西亚·马尔克斯

国籍：哥伦比亚
生卒年：1927—2014年
代表作：《百年孤独》

365
天

“如果想成为一名作家，就要做好一天24小时、一年365天献身于写作的准备。”
“真实的记忆就像记忆中的幻影，而虚假的记忆是如此令人信服，以至于取代了现实。”

查尔斯·狄更斯

国籍：英国
生卒年：1812—1870年
代表作：《圣诞颂歌》

“多想想你现在拥有的幸福，这是每个人都拥有很多的。不要想以前的不幸，这也是每个人多多少少都有一些的。”

加缪

国籍：法国
生卒年：1913—1960年
代表作：《局外人》

“幸福本身就是长时间的忍耐。”
“贫困对我而言并非值得憎恶的事，因为太阳与大海是无法用钱买到的。”

福楼拜

国籍：法国
生卒年：1821—1880年
代表作：《包法利夫人》

“成功是结果，而不是目的。”

司汤达

国籍：法国
生卒年：1783—1842年
代表作：《红与黑》《巴马修道院》

“活过，写过，爱过”（墓志铭）。
“要在世界上生存，并非为了要当富翁，而是为了获得幸福。”
“幸福多到前所未有时，微笑与泪俱来。”

十
活过
写过
爱过

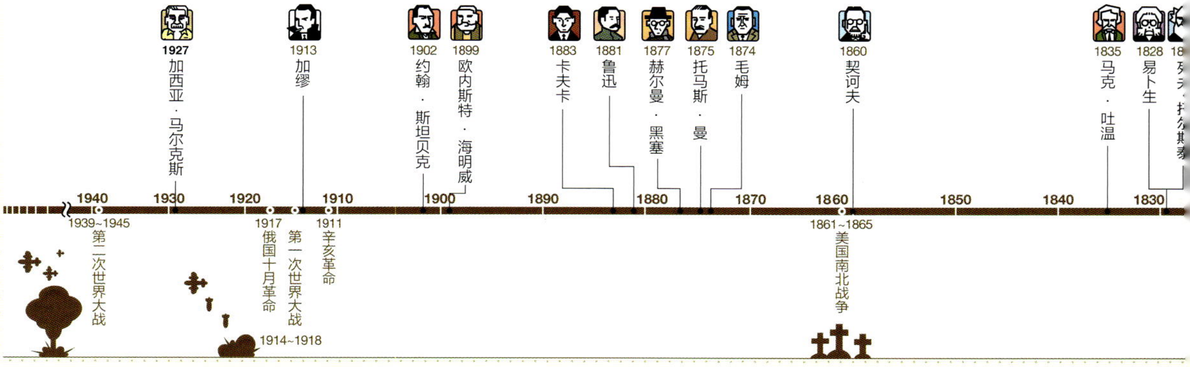
1940
1939~1945 第二次世界大战
1927 加西亚·马尔克斯
1930
1920
1917 俄国十月革命
1914~1918 第一次世界大战
1913 加缪
1910
1911 辛亥革命
1902 约翰·斯坦贝克
1899 欧内斯特·海明威
1900
1890
1883 卡夫卡
1881 鲁迅
1877 赫尔曼·黑塞
1875 托马斯·曼
1874 毛姆
1880
1870
1860
1860 契诃夫
1861~1865 美国南北战争
1850
1840
1835 马克·吐温
1828 易卜生
1830

易卜生

国籍：挪威
生卒年：1828—1906年
代表作：《玩偶之家》

“‘做不到’可以饶恕，但‘做都不想做’不可原谅。”
“只有帮助别人，你才能知道自己有多大力量。”

陀思妥耶夫斯基

国籍：俄国
生卒年：1821—1881年
代表作：《卡拉马佐夫兄弟》《罪与罚》

“世界上没有一样东西比良心的自由更迷人，也没有一样东西比它更痛苦。”
“人是一种顺从的动物，是一种不论任何事情都能适应得了的存在。”

列夫·托尔斯泰

国籍：俄国
生卒年：1828—1910年
代表作：《战争与和平》《安娜·卡列尼娜》

“一旦从已经习惯了的生活轨道偏离出去，我们会感到万分绝望。然而，实际上那里也将是一段更加美好的新征程的开始，只要我们一息尚存。”

契诃夫

国籍：俄国
生卒年：1860—1904年
代表作：《樱桃园》

“爱让一切成为可能。”

卡夫卡

国籍：奥地利
生卒年：1883—1924年
代表作：《变形记》《审判》《城堡》

“恶知善，善不知恶。”

但丁

国籍：意大利
生卒年：1265—1321年
代表作：《神曲》

“走自己的路，让别人说去吧。”

鲁迅

国籍：中国
生卒年：1881—1936年
代表作：《阿Q正传》《狂人日记》

“能做事的做事，能发声的发声。有一分热，发一分光。”

托马斯·曼

国籍：德国
生卒年：1875—1955年
代表作：《魔山》《魂断威尼斯》

“艺术一再从孤独中诞生，艺术却有团结人心之效用。”

歌德

国籍：德国
生卒年：1749—1832年
代表作：《少年维特之烦恼》

“只要有空气和阳光，以及朋友的爱留下来，就无须胆怯。”

赫尔曼·黑塞

国籍：德国
生卒年：1877—1962年
代表作：《在轮下》《德米安》

“被爱并非真正的幸福，爱一个人才是真正的幸福。”

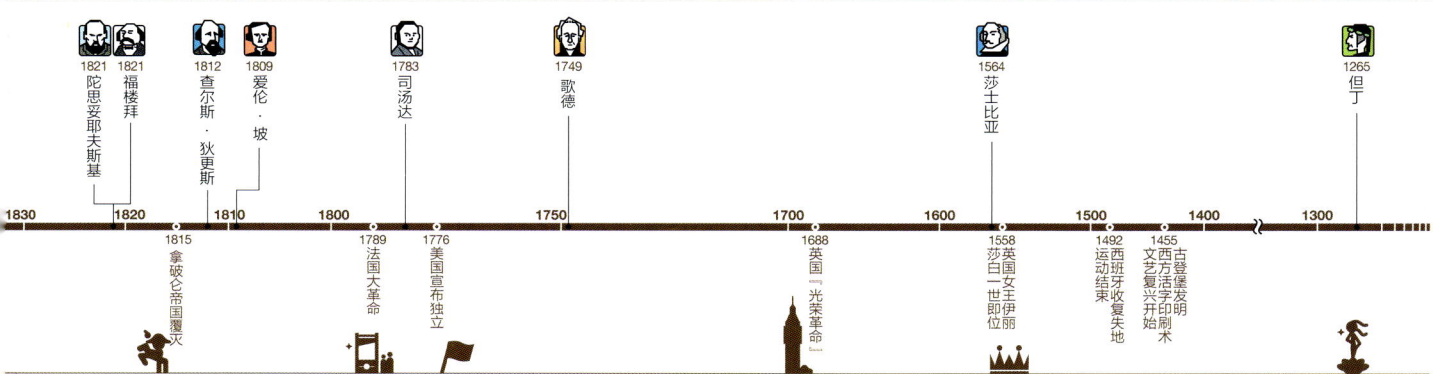

1821 陀思妥耶夫斯基
1821 福楼拜
1812 查尔斯·狄更斯
1809 爱伦·坡
1783 司汤达
1749 歌德
1564 莎士比亚
1265 但丁

1830 1820 1810 1800 1750 1700 1600 1500 1400 1300

1815 拿破仑帝国覆灭
1789 法国大革命
1776 美国宣布独立
1688 英国“光荣革命”
1558 英国女王伊丽莎白一世即位
1492 西班牙收复失地运动结束
1455 古登堡发明西方活字印刷术 文艺复兴开始

跨页图表中人物头像下面的数字为出生年份

专栏

作品名

雾都孤儿

作者……查尔斯·狄更斯

国家……英国

创作时间……1837—1839年

奥利弗·特威斯特

奥利弗出生在英国泥雾小镇的济贫院里。因为奥利弗出生之后母亲就去世了，所以他从小在寄养所里长大。

主人公

出生

奥利弗出生在泥雾小镇的济贫院里。因为奥利弗出生之后母亲就去世了，所以他从小在寄养所里长大。

9岁

他又回到济贫院。因为被嫌吃得多，再次被送出去当学徒。后来，被交给经营棺材铺的苏尔伯雷一家。

请再给我添一碗饭。

10岁

奥利弗不堪忍受一同做工的少年的欺侮，离开棺材铺，逃往伦敦。

一口气走到伦敦吧！
离伦敦还有70英里

精疲力竭之际，奥利弗遇到一个少年，被其带到一位名叫费金的老人面前。

费金其实是盗窃团伙的首领。奥利弗在不知情的情况下被训练成一个扒手。

奥利弗跟其他扒手上街时，别人冤枉他偷了手帕，他因此被捕。

不是我干的！

在洗清嫌疑之后，奥利弗受邀来到手帕被偷的老绅士布朗洛的家。在这里，他度过了一段温暖幸福的日子。

但是，费金害怕事情败露，将魔爪伸向了奥利弗。

奥利弗被带回费金的据点，再次被迫为盗窃团伙效力。然而盗窃计划失败，奥利弗被枪打伤。

幸运的是，家中被盗的梅丽夫人和罗斯小姐照顾受伤的奥利弗，就这样，奥利弗暂时留在了梅丽夫人家。

12岁

春天，奥利弗和梅丽夫人一家来到夫人家的乡间别墅，度过了一段亲近自然、安稳快乐的日子。

彼时，一个名叫蒙克斯的神秘男子，正和费金一起打探奥利弗的行踪。

夏天，奥利弗同梅丽夫人一家回到伦敦。奥利弗与布朗洛重逢，回到他的身边生活。

布朗洛在得知蒙克斯的企图后，便设法保护奥利弗。

蒙克斯被带到布朗洛家，很多事情因此真相大白。

原来，布朗洛是奥利弗父亲的老友，一直在为帮助奥利弗而奔走；蒙克斯是奥利弗同父异母的哥哥，独吞了父亲留下的遗产；罗斯小姐正是奥利弗的姨妈。

费金被捕，蒙克斯前往美国。自此，奥利弗被布朗洛收养，过上了幸福的生活。

专栏

达达尼安

主人公

作品名

『达达尼安三部曲』

作者……大仲马

国家……法国

发表时间……1844—1850年

『达达尼安三部曲』因其第一部三个火枪手而声名远扬。达达尼安的一生可谓跌宕起伏。勇敢的他富有冒险精神，执拗乖僻的一面也颇具魅力。

20岁

达达尼安想凭借自己的才智和胆量闯出一片天地，于是来到法国首都巴黎。

一个偶然的机会，他与三个火枪手阿托斯、波尔托斯以及阿拉密斯展开决斗，但四人最终在局势的推动下联合起来，击败了红衣主教的火枪手。

达达尼安的智谋得到了三个火枪手的认同。他们发誓从此同心同德，“四人一体”。

我为人人，
人人为我！

后来，发生了法国王后向英国公爵赠送钻石首饰的大事件！

王后陛下！
就把这个当成我吧……

22岁

为了在宫廷舞会开始前将王后赠送英国公爵的首饰取回，达达尼安与三个火枪手火速赶赴英国。

嗒嗒嗒……

达达尼安参加人生首场战斗——拉罗谢尔围城战。虽遭到魔女米莱狄的追杀，但他凭借聪明才智摆脱了困境。

我不会让你为所欲为的！

达达尼安被提拔为火枪队副队长。从那之后，他和三个火枪手走上了不同的人生道路……

我们的友情地久天长！

45岁左右

与三个火枪手分别后，步入中年的达达尼安既没有出人头地也没有再大胆冒险，而是为了自己的生活四处奔波。

被视为英雄的布鲁塞尔被捕，导致巴黎发生动乱。达达尼安发挥自己的聪明才智，带着太后和主教逃出巴黎。

达达尼安和波尔托斯奉红衣主教之命协助一个名叫莫尔当的人，却发现莫尔当是魔女米莱狄之子！

他们试图营救被判死刑的查理一世，但是没有成功，查理一世还是被处死了。

54岁左右

查理二世准备登上王位。达达尼安抓住了曾经控制英国的大将军蒙克。

达达尼安晋升为火枪队队长。

达达尼安干净利落地镇压了死刑犯的越狱行动。其间，在阿拉密斯的策划下，国王被他的孪生弟弟顶替。

60岁左右

达达尼安奉国王之命攻打要塞贝尔岛。达达尼安策划了一个方案，帮助已成为罪犯的阿拉密斯和波尔托斯逃走。

战场上，达达尼安收到一个小箱子。他兴高采烈地准备打开它，不料被敌人的炮弹击穿胸口。小箱子里装的是一支象征元帅身份的手杖。

专栏

乔

主人公

作品名

小妇人

马奇家的二女儿乔像男孩一样活泼，对谁都一视同仁。

她在看护妹妹的过程中认识到亲情的珍贵，逐渐成长为一名出色的女性。

作者……路易莎·梅·奥尔科特

国家……美国

出版时间……1868年

15岁

乔是个急性子，为此受到过姐姐梅格的批评。有一天，战场上的父亲寄来一封信。乔决定听父亲的话，做一位文静的淑女。

乔偷偷寄给报社的小说被刊登在报纸上。她向着小说家的梦想迈出了第一步。

《画家争雄》
约瑟芬·马奇小姐

父亲生病的消息传来。乔得知父亲需要看护费，把自己的头发剪掉换了钱。

这下清爽多了。
乔？！

21岁

乔拒绝了青梅竹马的劳瑞，移居纽约开始创作娱乐小说。与此同时，体弱多病的妹妹贝丝在家人的陪伴下离开了人世。

24岁

梅格与丈夫、孩子幸福地生活在一起。独居的乔开始意识到自己对德语教师贝尔的感情。

25岁

雨中，贝尔向乔求婚。乔答应了他，两人就此订婚。

27岁左右

乔和贝尔决定开办一所学校。乔承担照顾孩子们的任务，贝尔则负责给孩子们上课。

30岁左右

乔一边为淘气的孩子们忙得焦头烂额，一边努力营造充满爱的校园氛围。乔成为两个男孩的母亲。

35岁之后

学校面临资金不足的危机。乔把仓促写成的小说寄给出版社，没想到小说大受欢迎。乔很快成了当红作家。

40岁之后

学校发展为一所大学，由贝尔担任校长。

乔忙着为孩子们的前途出谋划策。作为母亲，乔还会给到了结婚年龄的孩子提一些恋爱方面的建议。

孩子们逐渐成长，找到了各自的人生道路。但是，无论何时，作为母亲的乔都是家庭的核心。

专栏

作品名

苦儿流浪记

作者……埃克多·马洛

国家……法国

发表时间……1878年

雷米

主人公

雷米原本是被收养的孩子，但后来养父又将他卖给了流浪艺人维塔里斯的杂耍班……

这是一个讲述主人公同许多人相逢、别离并不断成长的故事。

出生

雷米出生后被遗弃，而后被一对农民夫妇收养，在养母巴伯兰的悉心呵护下长大。

8岁

失业的养父强迫雷米与养母分开，将雷米卖给了一个流浪艺人的杂耍班。

雷米带着小猴心里美和三条狗卡比、泽比诺、道勒斯首次登台表演。

杂耍班的负责人维塔里斯意外被捕。他不在的两个月里，雷米不得不一个人管理整个杂耍班。

雷米遇见贵族遗孀米利根夫人和她的儿子阿瑟，受邀来到两人乘坐的船上。

雷米与米利根夫人、阿瑟分别，同刑满释放的维塔里斯重新踏上旅程。

大雪中雷米和维塔里斯被困小屋。泽比诺和道勒斯被狼捕杀，心里美也得病死去。

雷米在巴黎遇到拉小提琴的少年马西亚。

10岁之后

由于饥寒交迫，维塔里斯去世，雷米也不幸患病。在花农阿根一家的精心照料下，雷米逐渐恢复了健康。

雷米与阿根一家共同生活，成为阿根的帮手。其间，他和哑女丽丝的感情不断加深。

12岁之后

由于无法偿还借款，阿根被抓进监狱。雷米和丽丝等人约定将来再见。

雷米在圣梅达尔教堂同马西亚重逢。雷米决定回到养母巴伯兰的身边，马西亚打算跟雷米一起走。

雷米在帮人采煤时遭遇事故。被困地下的他同周围的人团结协作，两周后终于平安获救。

13岁之后

雷米带着马西亚回到自己的故乡，与巴伯兰重逢。后来，雷米得知自己的亲人在寻找自己，便同马西亚前往巴黎。

雷米被带往所谓的亲人——德里斯考尔家。这家人每个人的双手都沾满了罪恶，这与雷米的想象大相径庭，希望落空的雷米失望不已。

从那以后

离开德里斯考尔家的雷米与米利根夫人、阿瑟、丽丝重逢。雷米得知自己是米利根夫人的长子，刚出生时就被人拐走并抛弃了。

十多年后，雷米和丽丝结婚了。马西亚成为著名的小提琴手，阿瑟的病也得以治愈。雷米邀请曾经帮助自己的人参加派对，向他们致以深深的谢意，并决定建设流浪艺人之家。

专栏

安妮·雪莉

主人公

主人公安妮·雪莉是一个充满想象力的女孩。本是孤儿的她在被收养之后，过上了平凡而幸福的生活。

作品名

『红发安妮系列』

作者……露西·蒙哥马利

国家……加拿大

成书时间……1908—1939年

11岁之前

安妮出生在加拿大的一个小村庄，出生不久后父母双亡，她被邻居收养。负责照顾小孩的安妮过得十分凄惨，最终还是被送到了孤儿院。

来到孤儿院

11岁那年的6月

安妮被居住在村庄里的马修和玛丽拉兄妹收养。他们本想收养一个男孩，可阴错阳差来到这里的却是安妮。兄妹俩就这样收养了她。

嚯！
想象力真丰富！
这条两侧栽满苹果树的林荫道就叫"白色的欢乐之路"。
那个小池塘叫"闪光的小湖"。

11岁那年的9月

安妮开始在村庄里的学校上学。在这里她遇到了吉尔伯特——一个帅气但很爱捉弄女生的男孩。安妮很快也成了吉尔伯特捉弄的对象，她予以反击，却遭到老师的责骂。

啪！
噗叽！

12～14岁

快乐的校园生活。安妮不断成长，与挚友黛安娜的友情日益深厚，但与吉尔伯特仍水火不容。

马上来救你！
快点儿！
虽然吉尔伯特救了安妮，但二人还是没有和好。

15岁左右

安妮决定参加女王专科学校的考试。埋头学习的她与吉尔伯特以并列第一名的成绩顺利通过了考试。

16岁那年的6月

安妮获得升学所需的奖学金，顺利地从学校毕业。然而快乐昙花一现，原本就有心脏疾病的马修突发心脏病，离开了人世。

16岁那年的9月

为了不让玛丽拉孤身一人，已获得奖学金的安妮放弃了进入雷德蒙德大学深造的机会，回到村庄当了一名教师。

18岁那年的夏天

这年夏天，安妮虽然舍不得离开玛丽拉，但还是决定去雷德蒙德大学深造。

我要去上大学！
安妮……

18岁那年的9月

安妮进入大学，与吉尔伯特成了校友。同时，她和美丽又富有的菲尔成了好朋友。

20岁

吉尔伯特向读大学二年级的安妮表达了自己的爱慕之情，但安妮拒绝了他。

咯噔！
我们还是继续做普通朋友吧！
普通朋……朋友？

22岁那年的6月

安妮以第一名的成绩通过毕业考试，顺利从大学毕业。在毕业典礼当天，安妮终于意识到自己对吉尔伯特的感情，于是拒绝了当时的恋人罗伊的求婚。

咯噔！
原谅我，我不能跟你结婚……
怎么会这样？

22岁那年的9月

吉尔伯特再次向安妮表白，安妮接受了他。

25岁那年的9月

安妮与成为医生的吉尔伯特喜结连理。他们在绿山墙附近的一处古老庄园举行了热闹的婚礼，然后在海边的一座小房子里开始了新婚生活。

26～27岁

安妮做了母亲，但孩子出生后不久不幸夭折。令人欣慰的是，安妮夫妇很快又迎来了一个宝宝。一家人开始了新生活。

专栏

作品名

飘

作者……玛格丽特·米切尔

国家……美国

成书时间……1936年

斯嘉丽·奥哈拉

主人公

年轻貌美的斯嘉丽·奥哈拉继承了父亲刚毅的性格。在美国南北战争的动荡岁月里，她顽强不屈地生活着……

16岁

1861年4月，在美国佐治亚州，到处流传着即将开战的传闻。得知自己暗恋的阿什利要与他的表妹梅拉妮订婚，斯嘉丽痛苦万分。

呜呜……

斯嘉丽摔碎了阿什利家的一只花瓶，这一幕恰好被浪子瑞特看到。

17岁

斯嘉丽决定与梅拉妮的哥哥查尔斯结婚，以此来刺激阿什利。

但好景不长，奔赴战场的查尔斯病死前线。

丈夫去世后，斯嘉丽又见到了那个曾经令她厌恶的瑞特。

好久不见！

在战火纷飞的年代，瑞特向走投无路的斯嘉丽伸出了援手。但他们最终还是分开了。

19岁

母亲去世后，斯嘉丽决定要守护整个家族。在塔拉庄园遭受北方军队的士兵掠夺时，她进行了殊死抗争。

请上天为我做证，
我再也不会让全家忍饥挨饿。

21岁

庄园面临增税的压力，斯嘉丽想让阿什利跟自己一起远走高飞，却遭到拒绝。后来，她买下一座木材厂，凭借非凡的经商才能开始和北方人做生意。

麻利
干脆

但在当时，女性经商并不被主流社会所认可，斯嘉丽为此饱受非议。更不幸的是，她的第二任丈夫弗兰克也离开了人世。

经历了这些事情之后，斯嘉丽渐渐被周围的人孤立。然而瑞特始终在她身边，不离不弃。

22~24岁

斯嘉丽接受了瑞特的求婚。两年后，女儿邦妮出生。瑞特对这个孩子倾注了所有的爱。

26岁

瑞特发现斯嘉丽仍保存着阿什利的照片，二人为此发生了争执。混乱之中，怀有身孕的斯嘉丽失足跌下楼梯，导致流产。

28岁

斯嘉丽的女儿邦妮不幸夭折。阿什利的妻子梅拉妮也因病去世。

斯嘉丽终于意识到自己真正爱的人是瑞特，但心灰意冷的瑞特已决定离开她。

……等等

斯嘉丽再次回到塔拉庄园，她决心找回属于自己的“明天”。

Tomorrow is another day!
(明天又是新的开始!)

专栏

名著名言集

名著中名言警句俯拾即是，宛如灯塔一般指引我们前行，本篇将为大家介绍那些与智慧、勇气、情感、家庭以及人生有关的、令人难忘的名言。

他绝不是奴隶，他拥有自由。他比任何行走在大地上的生命都要自由。

——马克·吐温《哈克贝利·费恩历险记》

今天，你长大成人了。越早点儿长大，当大人的时间就越长。

——埃里希·凯斯特纳《埃米尔和三个孪生子》

从今日起，我们每时每刻都要像血浓于水的兄弟一样同心协力，在有生之年同甘共苦。

——丽莎·泰兹纳《暗黑少年团》

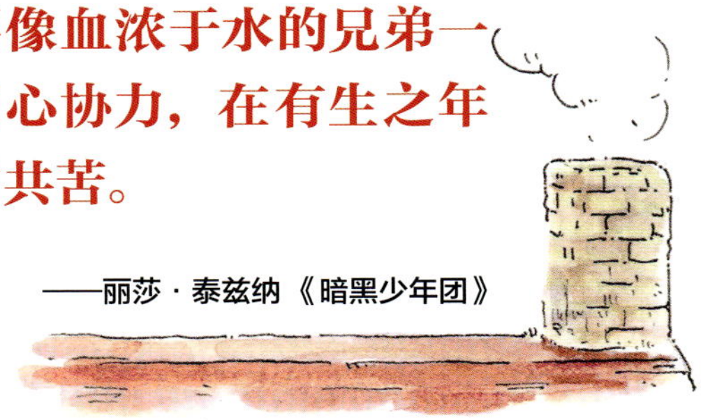

人这种东西，不管是什么都能习惯。

——加缪《局外人》

还没有尝试，就认为自己不行，那就是懒惰。

——太宰治《猫头鹰通信》

蓝字：智慧
红字：勇气

美即是丑，丑即是美。

——莎士比亚《麦克白》

无论何事，真也好假也罢，让一个人说出来很容易，但让你相信它很难。

——乔治·奥威尔《一九八四》

失败是常有的，但只要能认清失败并且挽回局面就是伟大的。

——柯南·道尔《福尔摩斯探案集》

不论是谁，要做出正确的判断，都必须根据自己的所见所闻去判断。

——陀思妥耶夫斯基《罪与罚》

悲伤绝不会孤身前来，到了后面一定会成群结队、纷至沓来。

——莎士比亚《哈姆雷特》

人们一贯认为只有陆地才是世界，但实际上海洋中还有另一番天地，没有陆地的法律束缚，一片祥和。

——儒勒·凡尔纳《海底两万里》

看到脸倒也无所谓，
可是该来的人却不来，
不免叫人心生寂寞。

——永井荷风《濹东绮谭》

母亲是一剂良药。不过，这剂药，你在药店里买不到。

——埃里希·凯斯特纳《两个小洛特》

我曾经把这种情感视为我人生的希望、梦想以及对迄今为止的生活的一种补偿。您相信吗？

——小仲马《茶花女》

只有心灵才能洞察一切。重要的东西，用眼睛是看不见的。

——圣埃克苏佩里《小王子》

粉色：情感
绿色：家庭
紫色：人生

只有当去追求那些无法接近的东西时，人们才会爱上什么。因为人们只爱自己没有得到的东西。

——马塞尔·普鲁斯特《追忆逝水年华》

即便成了仙，在那地狱的森罗殿前，看见自己的父母遭受鞭打，我也不可能做到沉默不语。

——芥川龙之介《杜子春》

我爱过你们，并且永远爱你们。

——有岛武郎《诞生的苦恼》

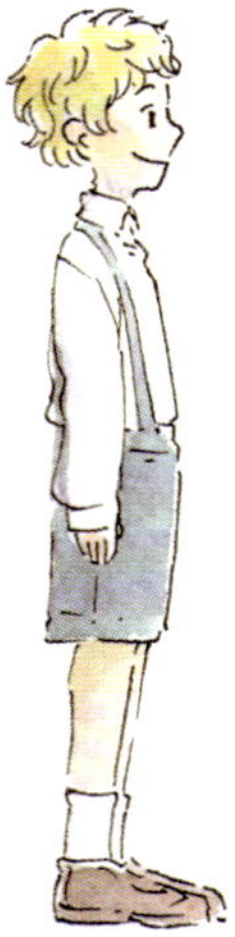

重要的是，因为你的降生，这个世界才变得美好。哪怕只是一点点，这个世界也会因为我们的存在而变得美好，这才是最重要的。

——弗朗西丝·霍奇森·伯内特《小公主》

我喜欢你，并不是因为你救过我，也不是因为你是风雅之人，只是忽然之间的事罢了。

——太宰治《御伽草纸》

名字又怎么了？玫瑰这种花，即便换个名字，它还是同样的芬芳。所以，罗密欧就算不叫罗密欧，他也是完美无缺的。

——莎士比亚《罗密欧与朱丽叶》

如此美好的时光，为何如此短暂呢？

——梶井基次郎《柠檬》

专栏

名著中的女性穿搭

不同的作品描绘了不同的时代和地方。阅读名著时关注作者对人物服饰的描写，可以帮助我们更好地了解故事的背景。来欣赏一下名著中女性人物的穿搭吧！

年轻的女演员霍莉住在“大熔炉”纽约曼哈顿的一座公寓里，同一只猫相依为命。她热衷于参加各种聚会，梦想有一天能嫁给富豪，跻身上流社会。

我每天都忙于参加各种派对！这是我自己染的头发。

亮点

☆穿风格简约但不失品位的衣服，让自己光彩照人。这正是“纽约客风格”！

亮点

☆常戴的墨镜也是亮点。风格越简约的衣服，越需要利用小饰品来搭配。

杜鲁门·卡波特

《蒂凡尼的早餐》

霍莉

劳拉·怀尔德

《大森林里的小木屋》

玛丽与劳拉

和姐姐出门，
连衣裙配宽檐帽，
再合适不过了！

亮点

☆帮妈妈干活时系上围裙，在树林里捡落叶也方便。

亮点

☆姐妹二人衣服的颜色总是不同。一蓝一红，将各自头发和眼睛的颜色衬托得更加好看。

故事发生在美国中部的威斯康星州。劳拉和爸爸、妈妈、姐姐玛丽、小妹妹卡丽一起生活在森林中的小木屋里。在那个时代，很多日用品都是手工制作的。爸爸将打猎时获得的动物皮毛在布料店换成印花粗棉布，妈妈用这些布亲手给姐妹仨缝衣服。

这是夫君源氏在新春之际亲自为我挑选的春装。

亮点

☆这件衣服正像紫姬的名字一样，以紫色为主色调，同时兼有红色。在那个时代的日本，红色与紫色是高贵的象征。

亮点

☆在平安时代的日本，小褂和服是贵族女子的便服。现在日本人的正式和式礼服“十二单”其实是宫中女官（侍女）穿的衣服。

紫式部

《源氏物语》

紫姬

《源氏物语》以出身皇族的美男子源氏为主人公，描写了平安时代日本贵族的生活。紫姬美丽聪慧，自小就结识了源氏，而后又成了他的正妻。

卡斯顿·勒鲁

《歌剧魅影》

克里斯蒂娜

故事发生在19世纪的巴黎歌剧院。有传言称，歌剧院的地下室里住着一个“幽灵”。由于一封可疑的警告信被无视，结果演出时发生事故——演员克里斯蒂娜神秘消失。她的未婚夫劳尔心急如焚。后来，他们在一场假面舞会上重逢，那一晚她穿的正是一件白色礼服。

我是歌剧院的明星。我要穿着配得上我的天籁之音的白色礼服参加舞会。

亮点

☆她戴着黑色头巾、披着长斗篷，前往约定的地点与未婚夫劳尔秘密会面……

亮点

☆劫走克里斯蒂娜的正是“魅影”。黄金戒指是“魅影”为表示爱意与信任而赠予她的重要信物。

欢迎来到我的
秘密花园！

亮点

☆玛丽在花园里玩耍的时候，帽子是必不可少的饰品。受她的影响，知更鸟也成了挺着红色胸脯的时尚达人。

亮点

☆好朋友迪肯提来的篮子里装满了他母亲做的葡萄干面包。

弗朗西丝·霍奇森·伯内特

《秘密花园》

玛丽

自小生长在印度的主人公玛丽是个被惯坏的孩子。一场霍乱让她失去了双亲，她被住在英国乡村的姑父收养。在亲近大自然的过程中，玛丽渐渐地变了。身穿漂亮衣服的她，无忧无虑地徜徉在美丽的大自然之中……

简·韦伯斯特

《长腿叔叔》

朱迪

在孤儿院长大的朱迪，在一位热心的“长腿叔叔”的资助下上了大学。一直以来，朱迪穿的都是别人给的旧衣服，拥有一件属于自己的新衣服让她非常激动。

我把对叔叔的感激
之情都写在信里了。

亮点

☆朱迪用餐时穿的红裙子和佩戴的饰品，衬托出她的俏皮可爱。

亮点

☆朱迪不时地晃动小腿，仿佛怕别人注意不到她脚上的高级袜子。

专栏

那些不完美的主人公

金无足赤，人无完人。很多文学作品中的主人公也是不完美的。

如果这些名著的作者就像作品中的主人公一样，那么作者们过的肯定不是平凡的生活。因为这些主人公一个个古怪偏执，让读者忍不住吐槽。

其中最具代表性的便是《飘》的主人公斯嘉丽·奥哈拉。她漂亮、聪明、倔强、爱慕虚荣、任性。她曾为了面子赌气结婚，还曾凭借美貌一次又一次地夺走别人的幸福，最后终于明白自己爱的人是谁，但是一切都已无法挽回……与这位个性奔放的美国女士不同，《福尔摩斯探案集》中的主人公——大侦探福尔摩斯以冷峻、绅士的形象示人。然而，这只是表象，既是天才也是怪人的福尔摩斯对稍显愚钝的人总是毫不留情地进行挖苦和讽刺。唯有对华生，这位大侦探才偶尔展现出温柔的一面。

李尔王
瞪眼
老糊涂
强迫女儿孝顺自己。
从前
因为身不由己来到这个净是傻瓜的世界，所以婴儿出生时放声大哭。
后来
被女儿们抛弃，成了身无分文的流浪汉。
赤条条一无所有才是人的本相啊。
呼呼
李尔王似乎有认知障碍，所以才脱掉衣服。
希思克利夫
占有欲极强
凯瑟琳成了四处游荡的鬼魂
我会永远诅咒你！
呼呼呼……
两人同在呼啸山庄长大，相信对方是自己的灵魂伴侣。
然而女孩却和别人结婚了……
虽然很喜欢你，但穷苦的日子怎么过得下去？
变得富有的希思克利夫开始报复凯瑟琳和她的女儿……
哈哈哈
整个世界仿佛是一本庞大的记事本，处处提醒我凯瑟琳是存在过的，而我已失去了她！
→明明是自己把人家逼上绝路的……
格雷戈尔·萨姆沙
虫
好恶心！
别看我！
沙沙
从门缝中偷看其乐融融的萨姆沙一家人
……
好羡慕
被父亲用苹果砸中背部而哭泣的萨姆沙
但谁都不同情他……

提起名著中年老昏聩的主人公，人们就会想到莎士比亚名作《李尔王》中的主人公。一向昏庸的人幡然醒悟，道出人生的真谛，这就是莎翁笔下的李尔王。

《变形记》的主人公格雷戈尔·萨姆沙变成了虫子，即便是昆虫爱好者也嫌弃他。突然变成虫子的格雷戈尔固然可怜，但他为了上班而不顾一切的态度更令人感到悲哀。不行，已经变成虫子的你，穿不上西装！并且，一双鞋子也不够六只脚穿啊！

《呼啸山庄》的男主人公希思克利夫，看似沉默寡言，但谈起自己的灵魂伴侣凯瑟琳时却有说不完的话。不过，除了爱情，两人的感情中似乎还有一些亲情的成分——希思克利夫和凯瑟琳一起长大，情同兄妹。

专栏

主人公幸福值图表

如果以图表的形式呈现不同作品中主人公的幸福值，不难发现这些人物的人生既有高峰也有低谷。我们来具体看一看吧。

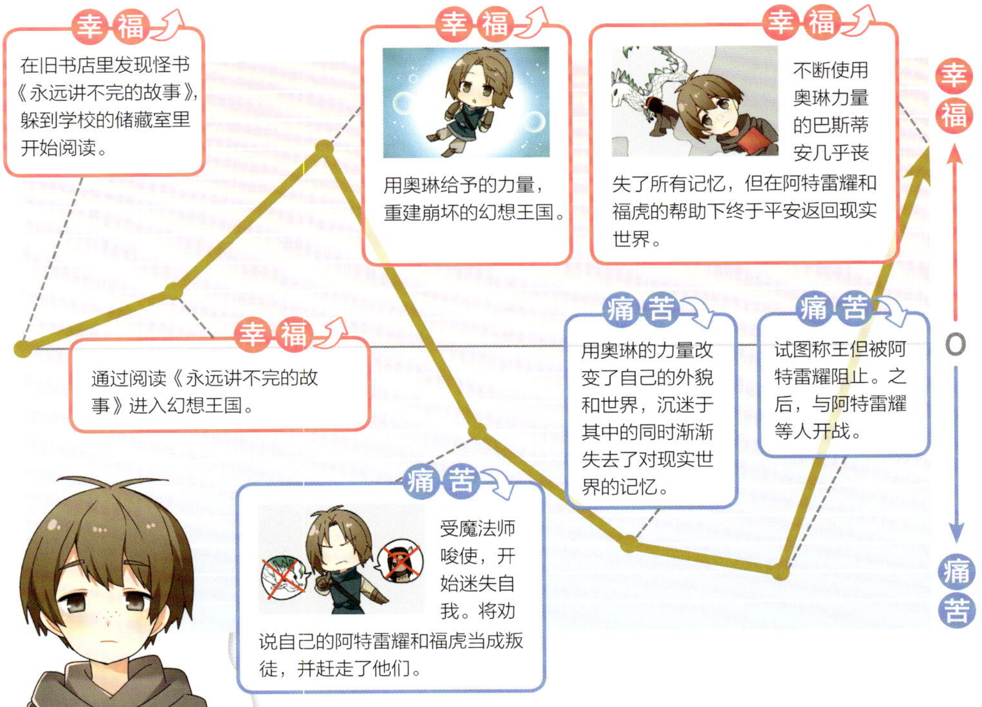
幸福
在旧书店里发现怪书《永远讲不完的故事》，躲到学校的储藏室里开始阅读。
幸福
通过阅读《永远讲不完的故事》进入幻想王国。
幸福
用奥琳给予的力量，重建崩坏的幻想王国。
痛苦
受魔法师唆使，开始迷失自我。将劝说自己的阿特雷耀和福虎当成叛徒，并赶走了他们。
痛苦
用奥琳的力量改变了自己的外貌和世界，沉迷于其中的同时渐渐失去了对现实世界的记忆。
痛苦
试图称王但被阿特雷耀阻止。之后，与阿特雷耀等人开战。
幸福
不断使用奥琳力量的巴斯蒂安几乎丧失了所有记忆，但在阿特雷耀和福虎的帮助下终于平安返回现实世界。
幸福
0
痛苦

巴斯蒂安（《永远讲不完的故事》）

在书的世界里历经波折

巴斯蒂安因为在旧书店里发现一本不可思议的书，误入了幻想王国。他随心所欲地使用奥琳带给他的力量，但是……

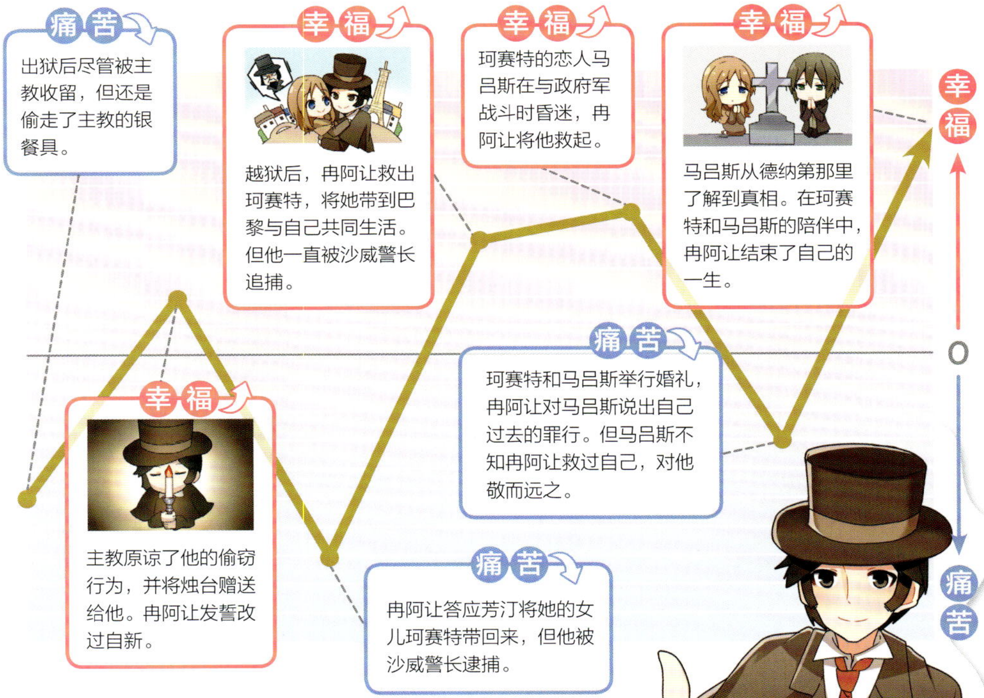
痛苦
出狱后尽管被主教收留，但还是偷走了主教的银餐具。
幸福
主教原谅了他的偷窃行为，并将烛台赠送给他。冉阿让发誓改过自新。
痛苦
冉阿让答应芳汀将她的女儿珂赛特带回来，但他被沙威警长逮捕。
幸福
越狱后，冉阿让救出珂赛特，将她带到巴黎与自己共同生活。但他一直被沙威警长追捕。
幸福
珂赛特的恋人马吕斯在与政府军战斗时昏迷，冉阿让将他救起。
痛苦
珂赛特和马吕斯举行婚礼，冉阿让对马吕斯说出自己过去的罪行。但马吕斯不知冉阿让救过自己，对他敬而远之。
幸福
马吕斯从德纳第那里了解到真相。在珂赛特和马吕斯的陪伴中，冉阿让结束了自己的一生。
幸福
0
痛苦

冉阿让（《悲惨世界》）

正直地活着好难，命运曲折

与主教的相遇使冉阿让决心正直地活下去。即便面对接踵而来的打击，他也始终怀有一颗正直之心。

多萝西

（《绿野仙踪》）

幸福：希望拥有大脑的稻草人、希望拥有心的铁皮樵夫以及希望拥有勇气的胆小的狮子成为多萝西的伙伴。

痛苦：与奥兹国的巫师见面后表达了自己想回家的愿望，被告知想要回家需要先打败西方女巫。

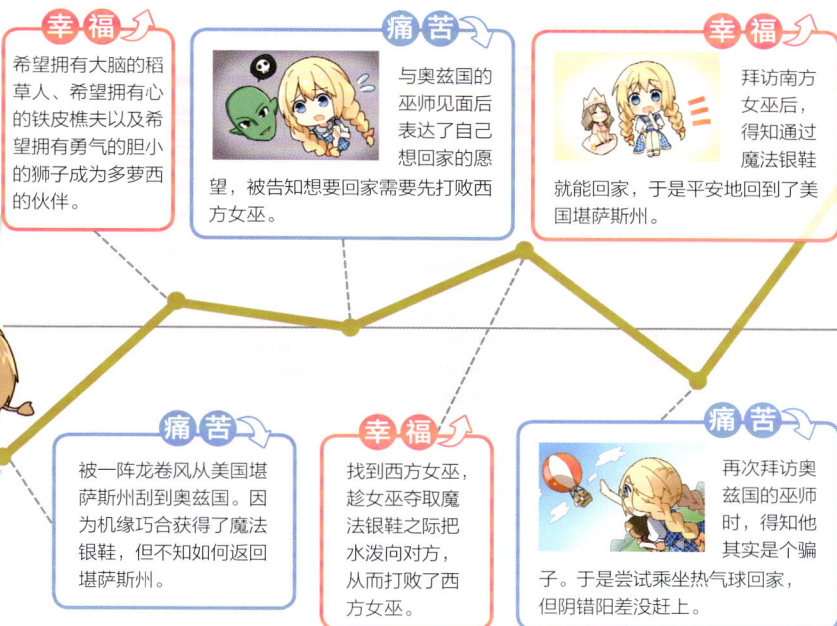

幸福：拜访南方女巫后，得知通过魔法银鞋就能回家，于是平安地回到了美国堪萨斯州。

痛苦：被一阵龙卷风从美国堪萨斯州刮到奥兹国。因为机缘巧合获得了魔法银鞋，但不知如何返回堪萨斯州。

幸福：找到西方女巫，趁女巫夺取魔法银鞋之际把水泼向对方，从而打败了西方女巫。

痛苦：再次拜访奥兹国的巫师时，得知他其实是个骗子。于是尝试乘坐热气球回家，但阴错阳差没赶上。

幸福 0 痛苦

在奥兹国幸福值基本直线上升

多萝西被一阵龙卷风刮到了女巫们居住的世界，她与伙伴们千方百计寻找回家的方式。

尼洛

（《佛兰德斯的狗》）

痛苦：梦想成为画家的尼洛想去大教堂参观鲁本斯的画，却买不起昂贵的门票……

痛苦：用自己精心准备的作品参加绘画大赛，虽然满怀希望，但还是落选了。

痛苦：圣诞节的早晨，在大教堂里自己朝思暮想的鲁本斯的画作前，抱着帕特修，再也没有了呼吸……

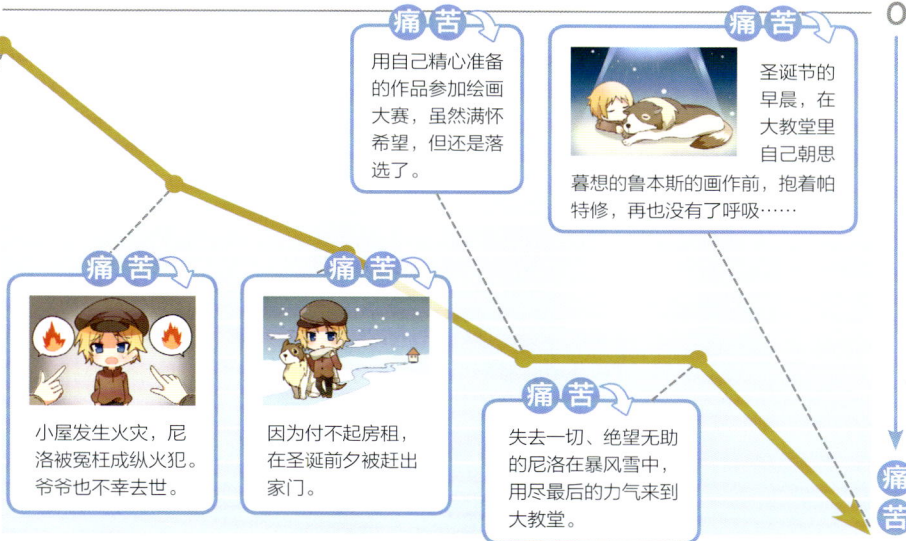

痛苦：小屋发生火灾，尼洛被冤枉成纵火犯。爷爷也不幸去世。

痛苦：因为付不起房租，在圣诞前夕被赶出家门。

痛苦：失去一切、绝望无助的尼洛在暴风雪中，用尽最后的力气来到大教堂。

0 痛苦

悲惨至极，幸福值直线下降

少年尼洛梦想成为画家。他与帕特修一起升入天堂的一幕十分感人，而在那之前却发生了一幕又一幕的悲剧。

萨拉

（《小公主》）

幸福：身为大富豪的独生女，在印度过着无忧无虑的生活。

幸福：在伦敦的女子学校里作为特别寄宿生受到优待，因为天生和善受到大家的喜爱。

幸福：得知卡里斯福德是父亲的朋友。拿回了财产，与卡里斯福德幸福地生活在一起。

幸福：来自印度的英国绅士卡里斯福德搬到她隔壁。

痛苦：因父亲去世变得身无分文，几乎要被校长赶出学校。不得已成了学校的女仆，住在简陋的阁楼里。

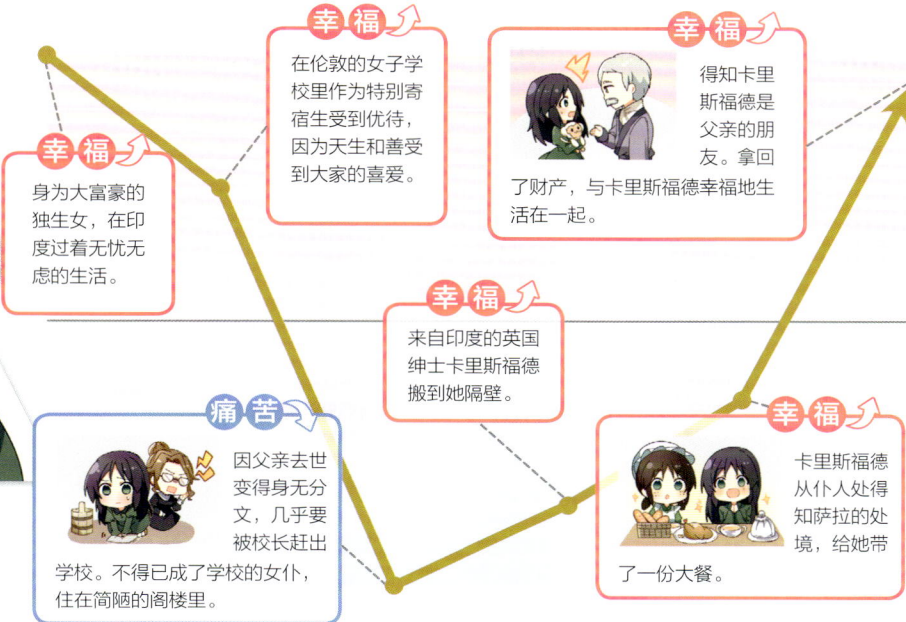

幸福：卡里斯福德从仆人处得知萨拉的处境，给她带了一份大餐。

幸福 0 痛苦

幸福值曲线呈V字形

萨拉本来过着优裕的生活，但父亲的去世使她陷入任人驱使的境地。面对困境仍坚强乐观的她会迎来怎样的命运呢？

专栏

名著人物测试（男生篇）

测一测你是哪种类型

通过回答问题，你也许能找到与自己完全一致的人物——这或许能为你的名著阅读平添几分乐趣呢！

男生测试

通过这个小测试你或许能找到一本适合自己的书！

是 →
否 →

开始

比起室内更喜欢户外

头脑比较灵活

比起狗更喜欢猫

A

多少有些幼稚

爱操心，易烦恼

总在观察别人

B

性格善良，但不够热情

不太喜欢引人注目

笑容十分迷人

C

对甜食爱不释手

希望下辈子变成人以外的东西

经常在团队中扮演领导角色

D

E

F

测试结果

A型

Ⓐ型的你

善于用妙计摆脱困境的勇敢少年

《埃尔默历险记》

埃尔默 型

勇敢的你是“埃尔默型”。只要你运用奇思妙想，任何困难都不在话下。埃尔默在历险的途中遇到了狮子、鳄鱼等危险的动物，但他只用丝带、橡皮圈、糖果就成功化解了危机。丰富的想象力是你最好的武器。

B型

Ⓑ型的你

协助警察破案的英勇小侦探

《大侦探小卡莱》

卡莱 型

推理能力超强的你是“卡莱型”。你是不是从小就想成为一名侦探呢？卡莱只需要很少的线索就能够找出嫌疑人。你如果锻炼一下观察力，说不定也有机会协助警察破案呢！卡莱的朋友安德尔斯和埃娃·洛塔是他探案过程中不可或缺的好伙伴。只要朋友们齐心协力，就会有无限可能。

C型

Ⓒ型的你

富有教养且心灵纯洁的人

《小爵爷》

锡德里克 型

单纯善良的你是“锡德里克型”。某一天，身在美国的锡德里克突然得知自己是英国贵族的后代，为此他远赴英国。身为伯爵的祖父严厉而暴躁，但锡德里克用他的天真和善良打动了顽固的伯爵。你的优点是心胸宽广，能够真诚地看待一切事物。

D型

Ⓓ型的你

能让伙伴们团结一心的领袖型人物

《冒险者们 钢巴与15只同伴》

钢巴 型

富有领导力的你是“钢巴型”。为了打败黄鼠狼诺洛伊一族、救出伙伴，钢巴凭借冷静与超强的判断力带领同伴们踏上了冒险的征途。不过，运筹帷幄、受人信赖的你，有时可能会努力过头——偶尔把指挥权交给同伴，也不失为一种选择。

E型

Ⓔ型的你

性情乖戾的健谈之人

“巴特伊麦阿斯”三部曲之一《撒玛坎护身符》

巴特伊麦阿斯 型

天性有些乖张的你是 “巴特伊麦阿斯型 ”。巴特伊麦阿斯是一个5010岁的魔鬼，法术高强。他喜欢开玩笑，经常捉弄召唤自己的内森尼尔。你虽然看上去不太热情，但是因为谈吐风趣很受欢迎。请注意，别太得意忘形，以免栽跟头。

F型

Ⓕ型的你

热情无人能敌的阳光少年

《罗密欧与朱丽叶》

罗密欧 型

热情的你是“罗密欧型”。只要喜欢就会不顾一切，即使遇到再多的困难也毫不在意。罗密欧是蒙太古家的独生子，却溜进宿敌凯普莱特家参加舞会，还对他的独生女朱丽叶一见钟情……或许你需要注意，在任何事情上都不要陷得太深。

专栏

名著人物测试（女生篇）

测一测你是哪种类型

通过回答问题，你也许能找到与自己完全一致的人物——这或许能为你的名著阅读平添几分乐趣呢！

通过这个小测试你或许能找到一本适合自己的书！

女生测试

是 →

否 →

开始

- 常被别人评价性格粗犷
- 喜欢粉色

- 在任何情况下都能保持乐观 → A
- 心灵手巧
- 能言善辩
- 力气超乎常人 → B

- 不挑食
- 向往公主的生活

- 不怕虫子 → C
- 比起冬天更喜欢夏天

- 比起农村更喜欢城市
- 热爱学习 → D

E

F

测试结果

A型的你 A型

依靠自己的力量追求幸福，总是面带笑容的阳光女孩

《波莉安娜》

波莉安娜型

总是笑嘻嘻、散发幸福气息的你是“波莉安娜型”。遭遇不幸变成孤儿的波莉安娜始终乐观，充满活力。无论遇到怎样的困难和打击，她都能发现其中积极的一面。这样乐观的精神感染了镇上的每一个人。你有着波莉安娜般的笑容，这样的笑容象征着幸福。

B型的你 B型

备受欢迎的大家的好朋友

《长袜子皮皮》

皮皮型

不愿循规蹈矩的你是“皮皮型”。皮皮力大无穷，是世界上最厉害的姑娘。她在屋顶捉迷藏，用头磕鸡蛋，还和小偷一起跳舞，过着随心所欲的日子。同情、关心他人是皮皮的一大优点。你有些任性，但人缘很好，这一定是因为你很善解人意。

C型的你 C型

眼光独到的奇怪公主

《堤中纳言物语》

虫姬型

有点儿特别的你是“虫姬型”。这位超级喜爱昆虫的公主，认为人们只喜爱花朵和蝴蝶的行为很奇怪。爱虫的公主会细心照料大家都嫌弃的毛毛虫，直到它们变成美丽的蝴蝶。在他人眼中有些特别的你，有着看清事物本质的独到眼光。

D型的你 D型

聪明美丽又热爱学习的公主

《美女与野兽》

贝儿型

聪明又爱读书的你是“贝儿型”。初次见到面目凶恶的野兽时，贝儿心生恐惧，但在与野兽相处的过程中她逐渐感受到他温柔的一面，最终与他擦出爱情的火花。由于贝儿真挚的爱的力量，野兽变回王子，两人过上了幸福的生活。贝儿用智慧与真挚，收获了幸福。

E型的你 E型

好奇心强、喜欢恶作剧的假小子

《黄金罗盘》

莱拉型

活力无限的你是“莱拉型”。莱拉生活在一个人人都拥有自己的守护精灵的世界，但她身边屡屡发生儿童失踪事件。为了弄清事件的真相，开朗却有些淘气的少女莱拉向北极进发！那无人匹敌的好奇心，驱使着你像莱拉一样去冒险。

F型的你 F型

不屈服于残酷命运的坚毅女孩

《兽之奏者》

艾琳型

坚强的你是“艾琳型”。艾琳的父亲来自斗蛇村，而母亲是雾之民。如此出身的艾琳感到与其他村民之间的隔阂。与王兽的邂逅改变了艾琳的命运。在命运的捉弄下，艾琳顽强地活着……决不向困难屈服是你的优点，但有时你也应该试着向别人求助。

专栏

名著中的俊男美女

名著中常有俊男美女出现。一起来了解一下吧！

霍莉
蒂凡尼的早餐
罗密欧
罗密欧与朱丽叶
冰雪女王
冰雪女王
萨拉
小公主

充满神秘感的美女

任性自信，又有些脆弱。性格多变的霍莉，明明有演员的天赋却没有获得事业上的成功。周旋于上流圈子中的她，最终的结局是……

维罗纳首屈一指的美男子

蒙太古家的独生子罗密欧，是意大利维罗纳著名的美男子。

令人心“冻”的美丽女王

美丽端庄的冰雪女王拥有无与伦比的美丽脸庞。但被她亲吻过的人，心会变成冰块，整个人也会成为她的傀儡。

充满魅力的坚毅美少女

在寄宿学校上学时，端庄优雅、待人谦和、想象力丰富的萨拉得到了许多人的喜爱。父亲去世后，成了孤儿的她仍然不失自尊，积极乐观地面对生活。

温文尔雅的剑客

法国国王火枪手卫队成员阿拉密斯，有着深邃的眼眸和蔷薇色脸颊，容貌秀美，剑术高超，文采斐然。

高高在上的贵公子

源氏拥有光彩照人的俊美外表，被称为“光华公子”。他不仅出身高贵，而且才华横溢，在文学和艺术上颇有造诣。

集美貌与智慧于一身的女仆

阿里巴巴的女仆马尔吉娜拥有动人的美貌。聪慧的她利用巧计化险为夷，拯救了阿里巴巴。她表演的“剑之舞”令盗贼们为之倾倒。

名副其实的“美女”

贝儿是兄弟姐妹中最聪明、最善良的小妹妹，村里向她求婚的人络绎不绝。但她不以貌取人，看到了野兽善良纯洁的内心，最终帮助野兽摆脱了魔咒。

拥有内在美的少年

小男孩锡德里克离开家乡，远赴英国投奔身为伯爵的祖父。一脸稚气的他天真烂漫却坚韧不拔，在与祖父相处的日子中，一点点地感化了固执的老人。

专栏

『备选主人公』大作战

一场专属于重要配角的竞选开始了。每个人物都有不逊于主人公的存在感——如果在本次竞选中夺魁，也许能晋升主人公？

内莫船长
在海上独自生存的强者
海底两万里
剑术、枪法、马术，样样精通！
王牌圆桌骑士
兰斯洛特
亚瑟王传奇
克拉拉
带给大家尝试的勇气！
海蒂
他知道有些东西的价值无法用金钱衡量
魅力无穷
尼克
了不起的盖茨比
说出的话竟意外地切合实际
桑丘
堂吉诃德
超级反派的鼻祖
莫里亚蒂教授
福尔摩斯探案集

高贵、
诚实、练达
三个火枪手中的领袖
阿托斯

三个火枪手

纵使千疮百孔依旧不改初心
柯贝内拉
纵使拼上性命，
也要守护同伴的幸福

银河铁道之夜

拥有左右故事情节发展的
雄厚财力
杰维斯

长腿叔叔

阿拉贡
治国安邦的
领导者

魔戒

打倒彼得·潘！
胡克船长

彼得·潘

玛妮
实际上并非主人公
明明出现在
书名里

回忆中的玛妮

注意

·本次竞选是为了确定下一部作品的主人公。

·主人公之外的任何人物都可以参选。

·凡破坏告示板或撕毁海报者将受到惩罚。

投票日期

__月__日

专栏

形形色色的身份大集合

即便是同一职业或身份的人物，在不同的作品中其性格以及所起的作用也可能截然不同。本篇根据职业、身份对名著中的人物进行了梳理。将这些人物与现实中从事相同职业或身份类似的人们进行对比，也许你会发现别样的乐趣。

贵族

哈姆雷特 《哈姆雷特》

莎士比亚创作的“四大悲剧”之一《哈姆雷特》中的主人公，年轻的丹麦王子。因为父王被叔父谋害，发誓要复仇。

生存还是毁灭，这是个问题。
为复仇而活的悲剧主人公
佩戴石中剑的伟大国王
没穿衣服？
没穿衣服的国王兴高采烈地走在大街上
在森林中与七个小矮人一起生活的美女
住在冰雪宫殿中的美丽女王
没事吧？
与「我」搭话的奇妙王子
因被诅咒而沉睡百年的公主

亚瑟王 《亚瑟王传奇》

自出生起就背负不凡使命的亚瑟将一把插在岩石之中、其他人无法拔出的剑轻而易举地拔出，成为不列颠的国王。

没穿衣服的国王 《皇帝的新衣》

从前有一个很爱打扮的国王。骗子们告诉他，他们织的布愚蠢的人是看不到的，国王就“穿着”这种布做的“衣服”大摇大摆地上街了。

白雪公主 《白雪公主》

因为嫉妒白雪公主的美貌，王后三番五次想杀害她。公主逃到森林里，和七个小矮人生活在一起。然而好景不长，白雪公主被伪装成女巫的王后欺骗，吃下了毒苹果，晕了过去。后来，王子出现了……

冰雪女王 《冰雪女王》

家喻户晓的《冰雪女王》是安徒生于19世纪上半叶创作的童话故事。故事中，少女格尔达为寻找青梅竹马的加伊踏上了危险莫测的旅程。然而，冰雪女王囚禁加伊的真正目的是什么呢？

睡美人 《睡美人》

在庆祝公主出生的宴会上，一位没有受到邀请的女巫心生怨恨，诅咒这位公主“在15岁时就会丧命”。幸而另一位善良的女巫及时伸出援手，将诅咒的内容变成了“公主将沉睡100年”。

小王子 《小王子》

法国作家圣埃克苏佩里创作的童话故事中的人物。因飞机故障迫降在撒哈拉沙漠后，飞行员“我”遇到一个来自其他星球的小王子。小王子向“我”讲述了他的种种奇妙经历。

教师

经历坎坷的少年时代之后，开始了教学生涯
英气逼人的女教师
夏目漱石笔下的热血教师

大石久子 《二十四只眼睛》

一名新教师来到海边渔村的一所小学任教。深受12个一年级学生喜爱的大石老师，每天的生活充实而快乐。然而，在这快乐时光的背后，战争的阴影悄然而至……

安妮·雪莉

“红发安妮系列”

加拿大女作家蒙哥马利笔下的少女安妮，有着天马行空的想象力。被卡思伯特一家从孤儿院收养后，她不断成长，最终成为一名教师。

哥儿 《哥儿》

从父母那里继承的直性子让哥儿从小吃尽苦头。哥儿性格直率，厌恶虚假和不公。他来到日本四国地区的一所中学担任数学教师，引发了一系列风波。

魔法师

居住在奥兹国首都的魔法师
消失吧……
诅咒公主的恶女巫

奥兹国的魔法师

《绿野仙踪》

被龙卷风刮到奥兹国的女孩多萝西为了重返家园，找到一位魔法师。然而，这位奥兹国首屈一指的魔法师，真正的面目却是……

恶女巫 《睡美人》

因为没有被邀请参加宴会，她对刚出生不久的公主诅咒道：“你将在15岁生日那天，被纺锤刺破手指，并因此丧命。”

侦探

江户川乱步笔下的日本名侦探

明智小五郎

“少年侦探团系列”

顶着一头乱发的明智小五郎与徒弟小林芳雄率领的少年侦探团联手侦破各种疑案。明智小五郎还拥有不输于宿敌——怪盗二十面相的化装技术。

世界上第一位名侦探
华生，你在那里干什么？
善于推理的、世界上最有名的侦探

奥古斯特 · 杜宾

《莫格街谋杀案》

杜宾首次出现在美国小说家爱伦 · 坡的《莫格街谋杀案》中。杜宾思路清晰，观察力和分析力惊人，他被称为侦探小说史上第一位名侦探。

夏洛克 · 福尔摩斯

《福尔摩斯探案集》

英国小说家柯南 · 道尔笔下的名侦探。福尔摩斯和助手华生住在伦敦贝克街的一所公寓内，两人齐心协力侦破了各种各样的谜案。

医生

能听懂动物语言的医学博士

杜利特医生

“杜利特医生故事全集”

杜利特医生是一位身材滚圆、头戴礼帽的英国绅士。他既是博物学家也是医学博士，特长是能听懂各种动物的语言。

好歹我也是个医生嘛！
名侦探的好搭档

约翰 · 华生

《福尔摩斯探案集》

华生是福尔摩斯的得力搭档，曾是一名军医。福尔摩斯的故事几乎全都是由华生记录并叙述的。

剑客

一生未尝败绩
被誉为『剑圣』
与源义经交手于
五条大桥之上
日本历史上赫赫有名的
无敌剑客

家原卜传

《卜传最后之旅》等

家原卜传是日本历史上真实存在的剑客。他在学习日本传统剑术的基础上，自创了“鹿岛新当流”剑术。

武藏坊弁庆

《义经记》等

武藏坊弁庆是一名僧人，但性格暴烈。相传，他如果看上别人的太刀，便要求人家与他比武。但在收集第一千把太刀时，败给了日本名将源义经。

宫本武藏

《宫本武藏》等

宫本武藏最广为流传的事迹，莫过于在岩流岛上同佐佐木小次郎的决斗。相传宫本武藏一生中决斗60余次，无一败绩。他晚年著有《五轮书》。

罪犯

攀附在一根蜘蛛丝上
的罪人
因受人救助而决定
洗心革面的囚犯
今后我要
做个好人。

犍陀多

《蜘蛛之丝》

因杀人放火等罪行坠入地狱的强盗。不过，释迦牟尼感念犍陀多生前救过一只小蜘蛛，便将一根蜘蛛丝投入地狱……

冉阿让

《悲惨世界》

冉阿让曾因偷了一块面包，被判处19年监禁。刑满释放后，他又因盗窃教会的银器再次被捕。然而，主教为了维护他，声称这些银器是送给他的。此后，冉阿让痛改前非，成了一个好人。

专栏

名著中各种各样的动物

名著中既有我们熟悉的现实生活中的动物，也有故事世界里特有的『会说话的动物』。我们来了解一下这些在名著中大显身手的动物吧。

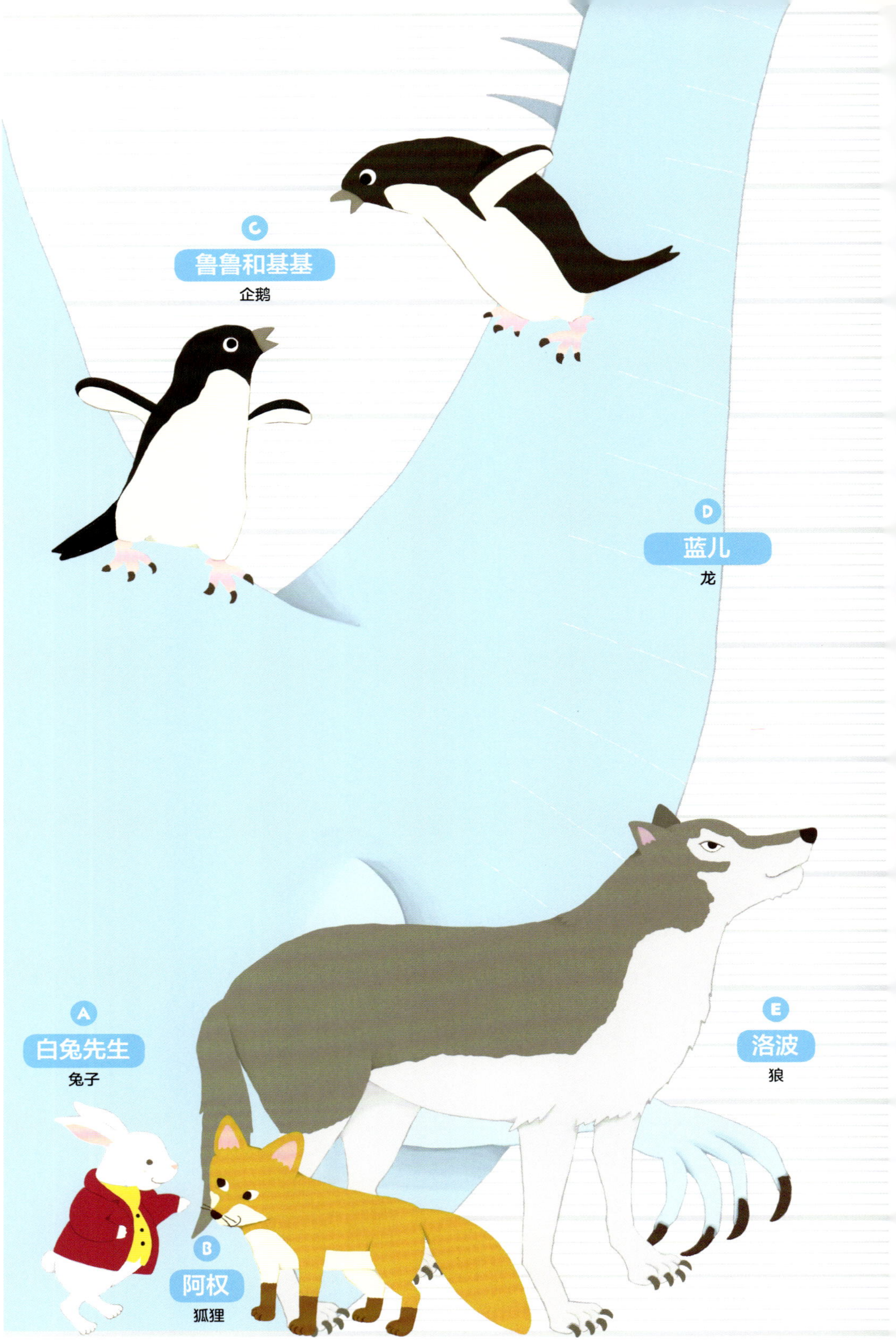
C
鲁鲁和基基
企鹅
D
蓝儿
龙
A
白兔先生
兔子
E
洛波
狼
B
阿权
狐狸

刘易斯·卡洛尔

A《爱丽丝梦游仙境》

一只揣着怀表、会说话的兔子。爱丽丝为了追赶它，不慎掉到洞里，误入奇幻国度。

新美南吉

B《小狐狸阿权》

一只单纯的小狐狸。起初，将兵十为生病的妈妈抓的鱼放走了。得知真相后开始弥补自己的过错。

乾富子

C《长长的长长的企鹅的故事》

刚破壳而出的两兄弟。鲁鲁是好奇心强的哥哥，基基是胆小温柔的弟弟。

克里斯托弗·鲍里尼

D《伊拉龙》

龙族中的唯一幸存者。选择了主人公伊拉龙作为自己的龙骑士。

欧内斯特·汤普森·西顿

E《狼王洛波》

一头生活在美国新墨西哥州高原上的狼。没有猎人能够征服它。

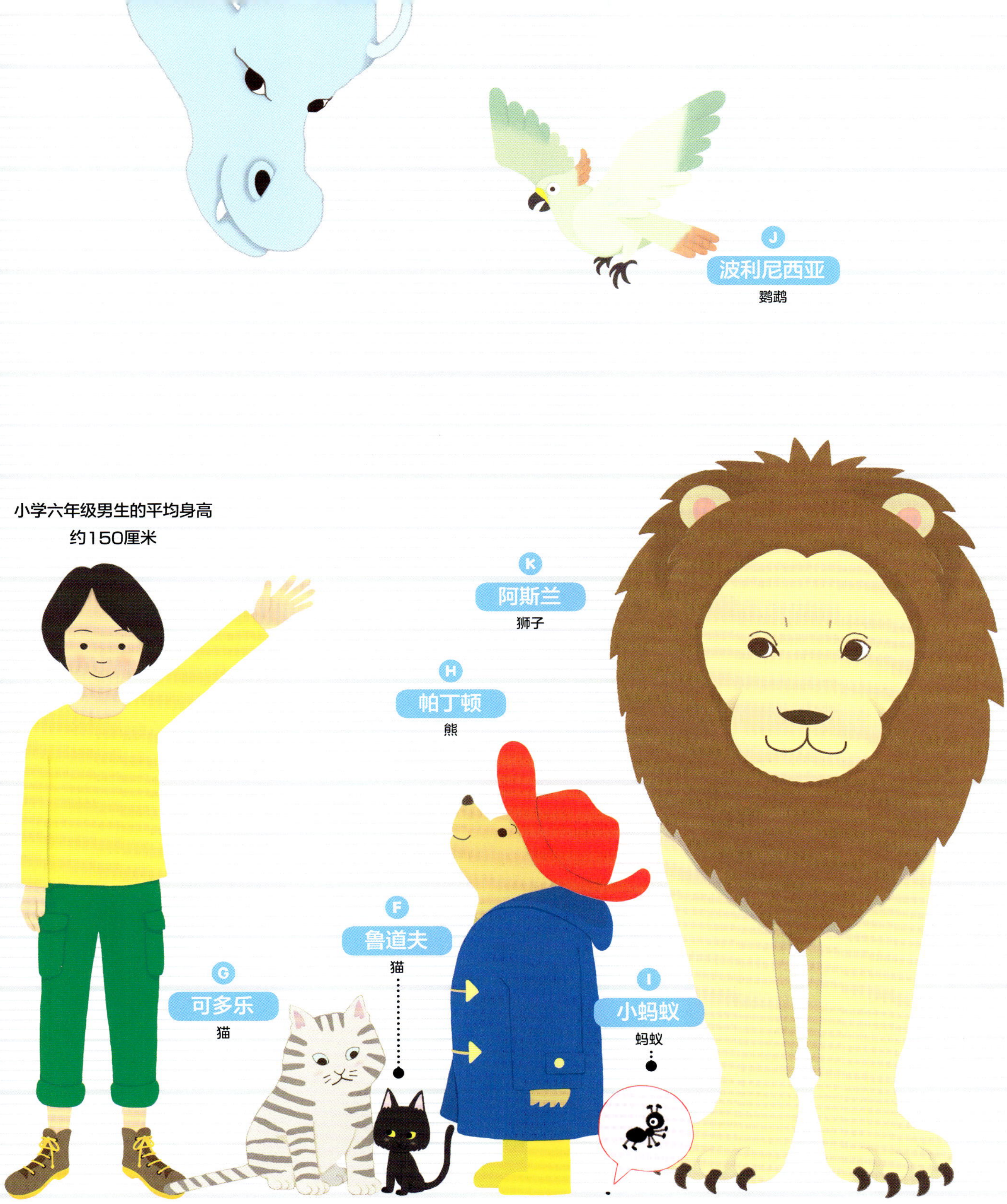
J
波利尼西亚
鹦鹉
小学六年级男生的平均身高
约150厘米
K
阿斯兰
狮子
H
帕丁顿
熊
F
鲁道夫
猫
G
可多乐
猫
I
小蚂蚁
蚂蚁

齐藤洋

F《鲁道夫和可多乐》

小学生理惠养的一只黑猫。不小心钻进一辆长途货车，来到一片陌生的土地。

齐藤洋

G《鲁道夫和可多乐》

一只流浪猫。因为对鲁道夫说“我的名字可多了……”，被误认为叫“可多乐”。

迈克尔·邦德

H“小熊帕丁顿系列”

一只名字取自车站名“帕丁顿”的小熊。很绅士、有礼貌，但是惹了不少麻烦……

伊索

I《蚂蚁和蝈蝈》

一只能干的蚂蚁，勤劳地搜集过冬的食物。做事认真，对光顾着玩耍的蝈蝈态度严厉。

休·洛夫廷

J《杜利特医生非洲历险记》

一只老鹦鹉。教会杜利特医生各种动物的语言，帮助他救助动物。

C. S. 刘易斯

K《纳尼亚传奇》

狮子中的伟大王者。将孩子们从英国召唤回来以应对纳尼亚的危机。

专栏

福尔摩斯与波洛的侦探生涯

提到推理小说里的大侦探，很多读者会立刻想到夏洛克·福尔摩斯和赫尔克里·波洛。来看看他俩各自侦破过哪些案件吧！

身高183厘米以上
瘦高型
猎鹿帽
鹰钩鼻
烟斗
搭档
约翰·华生博士
医生兼传记作家。作为福尔摩斯的助手，与他共同生活，并且是《福尔摩斯探案集》中绝大多数故事的记录者。
夏洛克·福尔摩斯
大名鼎鼎的英国侦探。拥有强大的推理能力，擅长拉小提琴和拳击。

福尔摩斯案件簿

- 贵族单身汉案（失踪案）
- 住院的病人（吊杀案）
- 斑点带子案（毒蛇杀人案）
- 血字的研究（毒杀、刺杀案）
- 马斯格雷夫礼典（窒息死亡案）
- 格洛里亚斯科特号三桅帆船（枪击案）

福尔摩斯学生时代遇到的第一案

侦探福尔摩斯系列作品

英国作家柯南·道尔自1887年起创作的系列推理小说。据说最后一案发表后，对福尔摩斯『身亡』的结局，很多读者表示难以接受，福尔摩斯的人气由此可见一斑。

波洛案件簿

- 东方快车谋杀案（刺杀案）
- 人性记录（刺杀、毒杀案）
- 悬崖山庄奇案（枪击案）
- 蓝色列车之谜（绞杀案）
- 四魔头（毒杀案等）
- 罗杰疑案（刺杀案）
- 高尔夫球场命案（刺杀案）
- 双重线索（盗窃案）
- 双重罪恶（盗窃案）
- 约翰尼·韦弗利历险记（绑架案）
- 大都会珠宝劫案（盗窃案）
- 埃及古墓历险记（毒杀案）
- 亨特小屋的秘密（枪击案）
- 『西方之星』历险记（盗窃案）
- 首相绑架案（绑架案）
- 斯泰尔斯庄园奇案（毒杀案）
- 巧克力盒谜案（毒杀案）

阿加莎·克里斯蒂笔下的著名案件，行驶中的列车内的杀人事件。

波洛所住的村庄发生了凶杀案。真相却出乎所有人意料。

古墓发掘过程中发生的杀人事件。波洛和黑斯廷斯前往埃及调查。

波洛赴英后第一案

- 帷幕（枪击案）
- 大象的证词（枪击案）
- 万圣节前夜的谋杀（溺亡案）
- 第三个女郎（刺杀案）
- 怪钟疑案（刺杀案）
- 蜂窝谜案（毒杀未遂案）
- 西班牙箱子之谜（刺杀案）
- 雪地上的女尸（刺杀案）
- 鸽群中的猫（枪击、殴杀案）
- 弄假成真（绞杀案）
- 山核桃大街谋杀案（毒杀案）
- 葬礼之后（殴杀案）
- 清洁女工之死（殴杀案）
- 弱者的愤怒（殴杀案）
- 二十四只黑画眉（坠崖案）
- 锣声再起（枪击案）
- 顺水推舟（殴杀案）
- 赫尔克里·波洛的丰功伟绩（绑架案）
- 空幻之屋（枪击案）
- 啤酒谋杀案（毒杀案）

黑斯廷斯和老年波洛再聚首，协力调查最后的案件。

波洛受邀前往的宅邸发生了凶杀案。真相即将大白时，调查却陷入困境。

查尔斯·奥古斯都·米尔弗顿历险记（枪击案）
跳舞的小人（枪击案）
魔鬼之足（毒杀案）
萨塞克斯郡的吸血鬼案（毒杀未遂案）
戴面纱的房客（猛兽杀人案）
布鲁斯-帕廷顿计划（枪击案）
诺伍德的建筑师（伪装杀人案）
孤身骑车人（伤害、强制结婚）
三个大学生（盗窃案）
空屋（枪击案）
最后一案（谋杀嫌疑案）
绿玉皇冠案（盗窃案）
银色马（名马失踪案、殴杀案）
威斯特里亚寓所（殴杀案）
工程师大拇指案（伪造货币杀人未遂案）
海军协定（文件失窃案）
巴斯克维尔的猎犬（猛犬杀人案）
四签名（盗窃未遂、毒针杀人案）
希腊译员（煤气中毒案）
黄面人（包庇罪犯案）
恐怖谷（枪击案）
临终的侦探（毒杀未遂案）
红发会（抢劫未遂案）
身份案（伪装失踪案）
五个橘核（谋杀案）
波希米亚丑闻（文件追回案）
瑞盖特村之谜（盗窃、枪击案）
第二块血迹（文件失窃、刺杀案）

福尔摩斯与宿敌莫里亚蒂从瀑布跌落……

尸体周围有巨大的脚印。福尔摩斯系列中少有的长篇故事。

福尔摩斯着手调查名为“红发会”的奇特组织。

福尔摩斯眼中特别的女性艾琳·艾德勒登场。

最后的致意（间谍案）
狮鬃毛（暴毙、伤害案）
爬行人（奇特行为案）
蓝宝石案（盗窃案）
三角墙山庄（文件失窃案）
皮肤变白的军人（传染病案）
显贵的主顾（伤害案）
弗朗西丝·卡法克斯女士失踪案（谋杀未遂、财产侵占案）
肖斯科姆别墅案（藏尸案）
雷神桥之谜（自杀案）
六个拿破仑（盗窃、刺杀案）

福尔摩斯的住所

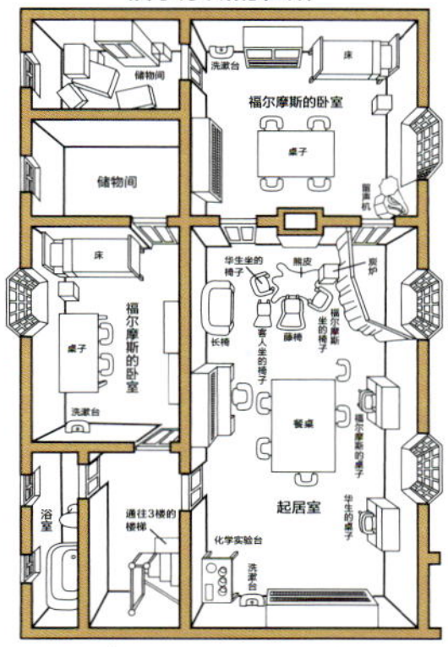

储物间
洗漱台
床
福尔摩斯的卧室
桌子
储物间
留声机
床
华生坐的椅子
熊皮
壁炉
贝克街
长椅
客人坐的椅子
藤椅
福尔摩斯坐的椅子
桌子
福尔摩斯的卧室
洗漱台
餐桌
福尔摩斯的桌子
浴室
通往3楼的楼梯
起居室
华生的桌子
化学实验台
洗漱台

参考：《名侦探读本 1 夏洛克·福尔摩斯》（日本）太平洋公司出版

福尔摩斯调查的案件类型

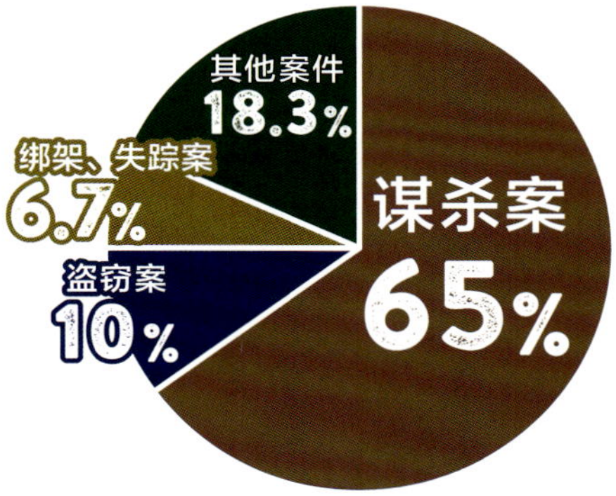

其他案件
18.3%
绑架、失踪案
6.7%
谋杀案
65%
盗窃案
10%

阳光下的罪恶（绞杀案）
牙医谋杀案（枪击案）
H庄园的午餐（毒杀案）
梦境（枪击案）
黄色蝴蝶花（毒杀案）
遗嘱失踪案（毒杀案）
波洛圣诞探案记（刺杀案）
死亡约会（毒杀案）
沉默的证人（毒杀案）
尼罗河上的惨案（枪击案）
罗德兹三角（毒杀案）
底牌（刺杀案）
古墓之谜（殴杀、毒杀案）
三幕悲剧（毒杀案）
云中命案（毒杀案）
ABC谋杀案（殴杀、绞杀案）

波洛着手调查的一起毒杀案。这是系列中唯一的审判题材作品。

有女性在尼罗河的游船上被杀，波洛着手调查。

侦探波洛系列作品

英国作家阿加莎·克里斯蒂创作的系列推理小说，主人公是具有非凡推理才能的名侦探波洛。波洛在作者1920年出版的斯泰尔斯庄园奇案中首次出现，在作者1975年出版的帷幕中迎来生命的最后时刻。

波洛调查的案件类型

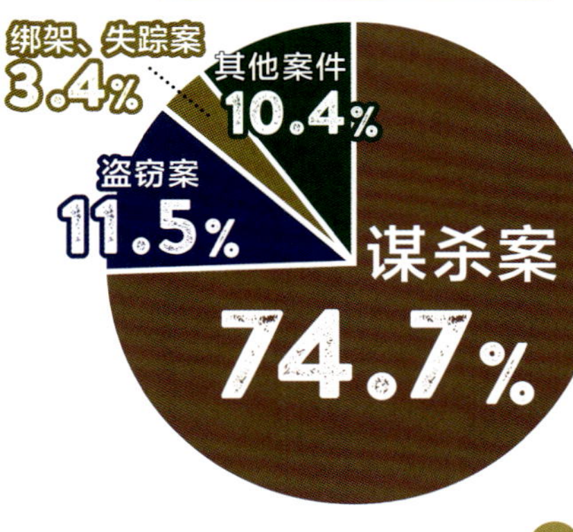

绑架、失踪案
3.4%
其他案件
10.4%
盗窃案
11.5%
谋杀案
74.7%

身高163厘米
五短身材
圆顶礼帽
绿色眸子
工整的
八字胡
搭档
亚瑟·
黑斯廷斯

赫尔克里·波洛

曾是比利时布鲁塞尔警方的一名调查员。流亡英国后开始了侦探生涯。打扮入时，很有绅士风度。

波洛来到英国后结交的一位朋友，也是案件的记录者。是一位对女性十分温柔的英国绅士，婚后移居阿根廷。

专栏

如果给名著中的坏人量刑定罪

欺诈、盗窃、对他人实施人身伤害……名著中的坏人可谓无恶不作。如果依据法律法规给他们量刑定罪，他们该受到怎样的惩罚呢？

档案01 格林童话之《小红帽》中的大灰狼

罪行

- **擅自闯入小红帽外婆的家。**
  ››› 刑法第二百四十五条“非法侵入住宅罪”
- **未经许可擅自使用小红帽外婆的床铺，将外婆的东西占为己有。**
  ››› 刑法第二百七十条“侵占罪”
- **吃掉外婆和小红帽。**
  ››› 刑法第二百三十二条“故意杀人罪”

判决结果 死刑或无期徒刑或十年以上有期徒刑

*本篇提及的坏人犯下了多种罪行，应数罪并罚，这里仅列举其中一种或几种罪行。
——编者注。

档案

02

安徒生童话之
《皇帝的新衣》中的

假扮成裁缝的骗子

罪行

欺骗皇帝说他们制成的衣服只有聪明人才能看到，以此骗取金钱。

››› 刑法第二百六十六条“诈骗罪”

判决结果

三年以下有期徒刑、拘役或管制

日本民间传说之
“猴蟹合战”中的

档案

03

猴子

罪行

擅自吃掉了螃蟹的柿子。

››› 刑法第二百六十七条“抢夺罪”

用柿子砸死了螃蟹。

››› 刑法第二百三十四条“故意伤害罪”

猴子没有像《小红帽》中的大灰狼一样被认定为故意杀人，是因为猴子没有杀死螃蟹的动机。虽然猴子用柿子砸螃蟹，却没有证据证明他主观上想杀死螃蟹。因此，猴子的行为被认定为故意伤害，而非故意杀人。

判决结果

十年以上有期徒刑

档案 《彼得·潘》中的

04 胡克船长

罪行

绑架温迪等人，向彼得·潘送定时炸弹。

绑架温迪等人。

››› 刑法第二百三十八条“非法拘禁罪”

向彼得·潘送定时炸弹。

››› 民用爆炸物品管理条例

判决结果

死刑或无期徒刑
或十年以上有期徒刑

《金银岛》 档案 05

约翰·西尔弗

罪行

假扮厨师混进船舱，企图夺取宝藏。

››› 联合国海洋法公约

判决结果

国内没有针对海盗罪的量刑标准，所以暂时按其他罪行量刑

档案 06

《爱丽丝梦游仙境》中的

红心王后

罪行

稍不高兴就会下令砍掉别人的头。

››› 在现代社会，不通过审判等法律规定的程序不得判定任何人有罪。

判决结果

法律未对相关罪行做出规定，所以暂时按其他罪行量刑

专栏

亚瑟王的传说

幻想小说的源头

亚瑟王的传说在中世纪的欧洲广为流传，这些传说对后世幻想小说的创作产生了重要影响。来了解一下亚瑟王的故事以及与之相关的作品吧！

圆桌骑士
《坎特伯雷故事集》
在乔叟的《坎特伯雷故事集》中，亚瑟王曾询问骑士“汝所望之物为何”。
莫德雷德
亚瑟王的外甥（一说是其子）。背叛亚瑟王，发动叛乱。
亚瑟王
传说中建立起强大不列颠帝国的国王。持有石中剑。
珀西瓦尔
肩负寻找圣杯的任务。最终与加拉哈一起找到圣杯。

大事记

亚瑟的诞生
亚瑟是不列颠尤瑟王之子。

»

亚瑟统一不列颠
亚瑟成为不列颠的国王，镇压反对派。

»

亚瑟结婚
亚瑟修建卡美洛城，与吉尼维尔完婚。

亚瑟的诞生与魔法师梅林的计策有关。

“哈利·波特”系列与《魔戒》
亚瑟王传说中的梅林是“哈利·波特”系列中邓布利多教授、《魔戒》中甘道夫等角色的原型。

亚瑟拔出石中剑，从而证明了自己该做国王。

《石中剑》
小说《石中剑》描写了少年亚瑟的成长经历，感人至深。

加拉哈

兰斯洛特之子。发现了圣杯的、最纯洁的骑士。

《沉睡谷传奇》

高文应战绿衣骑士的故事传到了美国，成为小说《沉睡谷传奇》素材的来源。

高文

亚瑟王的外甥。相传在与兰斯洛特的决斗中丧生。

亚瑟王传说中出现的魔法师梅林、圆桌骑士、王后吉尼维尔和石中剑、阿瓦隆岛等在后世的许多作品中被多次引用。

特里斯坦

康沃尔国王的侄子。在与爱尔兰巨人的决斗中获胜。

圆桌骑士

骑士们围坐在圆桌旁，宣誓对国王效忠。关于骑士的数目，说法不一。

《特里斯坦与伊索尔德》

特里斯坦爱上了伊索尔德，而伊索尔德即将成为康沃尔国王的王妃，最终特里斯坦与伊索尔德双双殒命。这个爱情悲剧还成为歌剧的题材。

兰斯洛特

班王之子。与王后吉尼维尔产生了感情，这导致了圆桌骑士的分裂。

骑士寻找圣杯

圆桌骑士踏上寻找圣杯的征途。

王后与骑士

王后与骑士的感情引发了混乱。

卡姆兰之战

亚瑟王平定莫德雷德发动的叛乱。

亚瑟王之死

负伤的亚瑟王被送往极乐世界阿瓦隆岛。

骑士兰斯洛特与王后吉尼维尔的恋情不为世人所容。

亚瑟王虽然打败了莫德雷德，但是自己也身负重伤，生命垂危。

他被几个女巫送往传说中的阿瓦隆岛。

“阿瓦隆迷雾”系列

亚瑟王同母异父的姐姐摩根是小说“阿瓦隆迷雾”系列的主人公。

圣杯是耶稣在最后的晚餐中使用的酒器，相传被三位骑士找到。

《荒原》

T.S.艾略特所作的长诗《荒原》涉及圣杯传说。

专栏

名著中的怪物

西方篇

神话类名著中常出现各种怪物。看一看它们的可怖外表吧！

1 恶龙

源于 中世纪传说

肩宽 3~4米

体长 约15米

蜥蜴般的身躯覆盖着坚硬的鳞片，长有翅膀，常在“勇士斗恶龙”的故事中出现。

2 半人马

作品 《神曲》等

身高 约240厘米

半人半马的怪物。生性残暴，沉迷于酒色。

3 格里芬

作品 《爱丽丝梦游仙境》等

体长 约400厘米

鹰头狮身、长有翅膀的怪兽。力量强大，能抓着骑士的战马飞上天空。

4 半兽人

作品 《魔戒》等

身高 约180厘米

长有尖牙，有突出的下颌。生性邪恶，喜欢看其他生物受折磨。

5

怪物

作品 《弗兰肯斯坦》

身高 约240厘米

由尸体的各个部位拼凑而成，不仅有一身怪力，而且行动迅捷。

6

刻耳柏洛斯

作品 《神曲》等

身高 80~120厘米

长有三个头的地狱看门犬，把守着地狱的入口。

7

德古拉

作品 吸血鬼故事

身高 约190厘米

靠吸食人血维持生命的吸血鬼，在夜间活动。

8

弥诺陶洛斯

作品 《神曲》等

身高 约200厘米

身躯健壮，长有公牛的脑袋，潜伏在迷宫的深处。

9

无头骑士

作品 《沉睡谷传奇》

身高 约210厘米

身披甲胄，腋下夹着自己的头颅的骑士。相传像死神一样预示人的死亡。

10

独眼巨人

作品 《奥德赛》等

身高 约3000厘米

仅长有一只眼睛的巨人，生性凶暴残忍。

专栏

名著中的怪物

东方篇

本篇中，中国、日本、印度等国的名著中的怪物们齐聚一堂！它们在名著中大放异彩，丝毫不逊色于西方名著中的那些怪物。

1 神龙

作品 《夜叉池》等

体长 约50米

生活在江河湖海之中的龙。拥有呼风唤雨的本领。

2 九尾狐

作品 《山海经》等

体长 500~600厘米

中国、印度、日本等国的神话中的狐妖。诡计多端，常常变作美女迷惑人类。

3 牛魔王

作品 《西游记》等

身高 约180厘米

挥舞着芭蕉扇与孙悟空激战的魔王。由一头巨大的白牛变化而成。

4 精灵

作品 《一千零一夜》等

身高 约500厘米

被逐出天界的魔鬼。会施各种各样的法术，对火焰操纵自如。

5
酒吞童子

作品 《大江山》等

身高 约5米

住在日本京都的鬼王，掳食人类，作恶多端。喜欢喝酒。

6
鵺

作品 《平家物语》

体长 约180厘米

长着猿头、狸猫身、虎肢、蛇尾的妖怪。夜里发出令人毛骨悚然的叫声。

7
雪女

作品 《怪谈》等

身高 160厘米

住在雪山中的颇具姿色的女妖。能摄走人的魂魄，将人的躯体变成冰块。

8
阿岩

作品 《东海道四谷怪谈》

身高 约160厘米

被丈夫抛弃并杀害后变成怨灵，折磨丈夫。

9
土蜘蛛

作品 《土蜘蛛》等

体长 8米

状如巨型蜘蛛的妖怪，在土中筑巢。化作美女或和尚吃人。

10
八岐大蛇

作品 《古事记》等

体长 约1500米

长有八头八尾的大蛇。身体能横跨八座山谷。喜欢喝酒。

专栏

名著中的城堡

你是否向往名著中描写的各种城堡，甚至幻想自己能住进去？一起来欣赏名著中出现的各具特色的城堡吧。

城堡 1 《纳尼亚传奇》中的凯尔帕拉维尔

这是耸立在纳尼亚王国海岸边的巨大城堡，曾长期被白女巫占领。在彼得兄妹四人打倒白女巫后，旧时代宣告终结。曾经被白女巫施咒变成石头的动物们复活了，曾经寒气逼人的洁白城堡也重新散发出光芒。电影《 纳尼亚传奇 》通过电脑特效向观众展示了这座宏伟的城堡。

宽敞的大厅里摆放着四张威严的宝座。庆祝白女巫被打倒的盛大宴会就是在这里举行的。

凯尔帕拉维尔城堡入口处的庭院美不胜收，令人难以相信它在女巫占领时竟如同废墟。

城堡 2

"大盗贼"系列中的

魔法公馆

邪恶的大魔法师茨瓦凯尔曼所居住的魔法公馆用砖砌成，位于森林深处。公馆中有很多可怕的东西，天花板上悬挂着鳄鱼标本，烛台也是人手骨头的样子。

城堡 3

《一千零一夜》中的

宫殿

这是阿拉丁通过神灯为心爱的公主打造的宫殿。这座宫殿颇具阿拉伯风情，富丽堂皇，令人神往。

城堡 4 《勇者物语》中的

水晶宫殿

宫殿落成后光彩夺目，如水晶般熠熠闪光，因此得名水晶宫殿。站在水晶宫殿高处，整座都城的景象尽收眼底。

城堡 5 《狐笛的彼方》中的

有路城

这是春名国领主有路春望侯的城堡。城中居民众多，每日繁华如集市。为了抵御邻国汤来国的侵略，春名国一直使用魔法保护城堡。

城堡 6 《绿野仙踪》中的

翡翠城

多萝西住的小房间里也处处泛着绿光。这张铺着丝绸床单、盖着天鹅绒床罩的软床，就是多萝西入睡的地方。

位于奥兹国的翡翠城，通体闪耀着绿色的光芒。因为它的光芒太耀眼，大家都戴着眼镜。翡翠城中的房间和走廊等都是用镶有翡翠的大理石建造的。翡翠城的中心就是奥兹国的统治者、大魔法师奥兹居住的宫殿，据说宫殿的原型是美国密歇根州某个小镇附近的建筑。

这是魔法师奥兹居住的房间，房间里设有宝座。奥兹神通广大、千变万化，没有人见过他的真面目。多萝西看到宝座上有一个巨大的脑袋。

专栏

名著和传说中的兵器

古今中外的名著和传说中，总少不了能够克敌制胜的神奇兵器。它们使勇敢的主人公如虎添翼。

兵器 1

石中剑

只有天生的王者才能拔出它

根据古代不列颠的传说，谁能拔出插在石头中的剑，谁就可以成为国王。许多大力士和骑士都前去尝试，结果无功而返。而少年亚瑟竟不费吹灰之力就将剑拔出。这把剑就是亚瑟王传说中提到的石中剑。

小知识

历史上确有亚瑟王其人吗？

直到21世纪的今天，历史学家们还在为这个问题争论不休。

小知识

波塞冬的神力仅次于宙斯!

波塞冬是奥林匹斯十二神之一，在神力上仅次于众神之王宙斯。

兵器 2

海神波塞冬的兵器 三叉戟

希腊神话中海神波塞冬使用的兵器之一。它锋利如矛，前端酷似三个鱼叉，因此被称作“三叉戟”。海神波塞冬利用它来引发暴风雨、海啸、洪水等。

兵器 3

希腊神话中颇具神力的护身法宝 宙斯盾

相传，与蛇妖美杜莎对视的人会变成石头。英雄珀耳修斯斩杀了美杜莎，并将她的头颅献给女神雅典娜。雅典娜将美杜莎的头颅镶嵌在宙斯盾上。从此，这副盾牌威力无边，能够斩妖除魔，抵挡世间一切灾难与邪恶。

小知识

金箍棒竟不是兵器?

按照《西游记》中的说法，如意金箍棒原本不是兵器，而是大禹用来测量海水深度的工具。

兵器 4

大小可随意变化的兵器 孙悟空的如意金箍棒

《西游记》中，保护唐僧去西天取经的孙悟空所使用的兵器就叫金箍棒。它的全名为“如意金箍棒”，本身重约一万三千五百斤，只有孙悟空才能操控自如。孙悟空可使其大小随意变化——平时细小如针，孙悟空将其藏于耳朵内，待需要用时再取出。

专栏

名著中的速度大比拼

我们对名著中描写的各种速度进行了测算。接下来，我们看一下吧……

第7届 “缪斯”杯 特别速度赛

《银河铁道之夜》中的 银河铁道列车

选手 1号

焦班尼

焦班尼和柯贝内拉一起坐上了银河铁道列车，经过天鹅座、天鹰座、天蝎座，向着南十字座进发。从天鹅座到南十字座有2000多光年。列车从当天晚上11点20分运行到第二天凌晨3点，时速高达651光年！

约6162万亿千米/时

《从地球到月球》中的 炮弹形飞行器

选手 2号

“大炮俱乐部”主席巴比康

“大炮俱乐部”的成员都是美国的退伍军人，他们设想人类可以坐炮弹形飞行器飞抵月球。世界上第一部科幻电影就取材于这部作品。书中写到，该飞行器最快时能以第二宇宙速度（11.2千米/秒）运行。

约40300千米/时

《西游记》中的 筋斗云

选手 3号

孙悟空

孙悟空能腾云驾雾。翻一个筋斗可以飞行十万八千里（约等于54000千米），相当于绕地球一周半。速度是通过假设“翻一个筋斗用1小时”来计算的。

约54000千米/时

《一千零一夜》中的 飞毯

选手 4号

侯赛因王子

侯赛因王子从商人那里买了一块神奇的飞毯，只需通过意念就可以让飞毯把他送到世界各地，可实现“在大马士革吃早餐，在米底王国用晚餐”。飞毯的飞行速度大约为100千米/时。

约100千米/时

《奔跑吧，梅勒斯》中的 梅勒斯

选手 5号

梅勒斯

梅勒斯笃守对挚友许下的诺言，以比逐渐西沉的太阳快10倍的速度奔跑前进。当然，这只是全力奔跑的夸张说法，不过按照这个说法计算，梅勒斯的瞬时奔跑速度竟达13000千米/时！

约13000千米/时

《海底两万里》中的 鹦鹉螺号

选手 6号

内莫船长

鹦鹉螺号是通过海中物质发电补给能源的潜艇，日夜在海底进行探索。按照设计者内莫船长的说法，鹦鹉螺号的航速可达50海里/时（约90千米/时）。

约90千米/时

本书详细介绍的作家和人物

①作家

塞万提斯	安徒生	马克・吐温
司汤达	宫泽贤治	西顿
大仲马	陀思妥耶夫斯基	阿加莎・克里斯蒂
夏目漱石	法布尔	江户川乱步
雨果	列夫・托尔斯泰	圣埃克苏佩里

②人物

奥利弗・特威斯特	乔	安妮・雪莉
达达尼安	雷米	斯嘉丽・奥哈拉

本书地图系原书插附地图

著作权合同登记号 图字：01-2022-2903
审图号：GS（2022）1067 号

图书在版编目（CIP）数据

小学生看世界名著．有这些作家和人物！ / 日本学研编；韩涛译．一北京：北京科学技术出版社，2023.6
ISBN 978-7-5714-2945-4

Ⅰ．①小… Ⅱ．①日… ②韩… Ⅲ．①文学欣赏－世界－儿童读物 Ⅳ．①I106-49

中国国家版本馆 CIP 数据核字 (2023) 第 038222 号

策划编辑：徐盼盼
责任编辑：张 芳
封面设计：沈学成
图文制作：韩庆熙
责任印制：李 茗
出 版 人：曾庆宇
出版发行：北京科学技术出版社
社 址：北京西直门南大街 16 号
邮政编码：100035
ISBN 978-7-5714-2945-4

电 话：0086-10-66135495（总编室）
0086-10-66113227（发行部）
网 址：www.bkydw.cn
印 刷：北京博海升彩色印刷有限公司
开 本：889 mm × 1194 mm 1/16
字 数：138 千字
印 张：6.75
版 次：2023 年 6 月第 1 版
印 次：2023 年 6 月第 1 次印刷

定 价：108.00 元